Mon Histoire

Claude Helft

Le sourire de Joséphine

JOURNAL DE LÉONETTA
1804

GALLIMARD JEUNESSE

Pour Francine L.,
bibliothécaire si compétente, attentive au service public,
en signe d'amitié et d'admiration ;
et pour sa petite Élisa.

Lieu-dit La Vergne, près d'Alloue (Charente)

*C*eci est mon journal. Si par hasard, je le perdais, je te prie, toi qui le trouveras, de bien vouloir le faire porter à ma cousine, Fiordilice Beretti, au village de Lumio, dans l'île de Corse. Marque ton nom au bas de cette page et souviens-toi que tu envoies ainsi des nouvelles de Léonetta et Bonaventure à leur seule famille. Moi, Léonetta, aujourd'hui, 26 floréal an XII (16 mai 1804), âgée de quatorze ans, je te remercie de tout mon cœur. Mets donc, dès que tu le pourras (vite !), ce carnet à la malle-poste qui va jusqu'en Corse.

Ma chère cousine Fiordilice,

Si tu as entre les mains ce carnet, c'est qu'une bonne personne te l'aura adressé. Remercie-la pour moi, je t'en prie instamment. Cela signifie que j'aurais été empêchée de continuer la recherche que tu vas lire. Promets-moi de la poursuivre à ma place. Je te donne tous les détails au jour le jour : l'un d'eux pourra te servir.

Si tu demandes de l'aide, choisis bien tes amis, car je ne sais pas encore où cette histoire me mènera. Les premiers indices me font croire qu'il sera question de grands personnages, peut-être de secrets d'État. Ce qui est sûr, et ma gorge se serre quand j'écris ces mots, c'est qu'il y va de la vie, de celle de Bonaventure, mon frère chéri.

26 floréal an XII
(16 mai 1804)

*A*vant-hier, trois hommes sont venus. Des inconnus, tous trois habillés de noir. Ils ne m'ont pas vue. Ils ont parlé à Bonaventure dans la cour. J'ai entendu des éclats de voix. Ils sont partis vite et je suis sortie. Bonaventure restait silencieux. Quand mon frère est comme cela, cela peut durer des heures. J'ai pensé qu'il me parlerait plus tard.

Le lendemain, les hommes sont revenus. Ils sont allés directement dans l'écurie. Bonaventure les a fait sortir. Je ne l'avais jamais vu ainsi. Il avait pris un fusil de chasse et derrière lui, Molosse, notre chien, aboyait comme un fou. D'habitude, Bo ne lui permet même pas de japper, pour ne pas effrayer les chevaux.

Il était si fâché qu'il a oublié le repas. Il est parti dans les bois avec Ravinette, sa jument préférée. Nous sommes restés longtemps, Molosse et moi, à les attendre au bout du pré. C'est mon endroit préféré, au bord de la Charente, là où notre barque est attachée. Le fleuve y fait une courbe. Ses eaux tranquilles nous ont apaisés. Un héron cendré s'est posé. Molosse n'a même pas tressailli. À la nuit tombante, nous sommes rentrés. J'ai allumé un feu dans la cheminée.

Quand Bo est arrivé, il était calme. Il s'est excusé. À mes questions, il ne voulait pas répondre. Il m'a dit que tout allait bien, que j'aille me coucher. Demain, il saurait mieux m'expliquer.

Le lendemain matin, je me suis réveillée tard. Molosse n'était pas venu comme d'habitude me souffler dans les cheveux ni se faire caresser en posant sa tête sur l'oreiller.

Je suis montée comme une folle dans la chambre de Bo.

Il n'était pas là. Le lit était défait, mais les draps avaient été jetés à terre et piétinés. De la paille était répandue partout. On s'était battu ici.

J'ai couru dans la cour. La porte de l'écurie était grande ouverte.

J'ai entendu un gémissement. Molosse était étendu. Il n'avait pas la force de se soulever. J'ai mis mes bras autour de lui, j'ai tâté sa tête, son ventre, ses grosses pattes. Il n'était pas blessé. Il me regardait comme s'il luttait contre le sommeil. Il grelottait un peu. Je ne pouvais même pas le porter, il est presque plus lourd que moi.

Je me suis relevée, je pleurais, je voulais courir, rattraper Bonaventure, sauver Molosse... Le souvenir de ces hommes en noir m'a envahie, j'ai senti la peur monter en moi. Tout s'embrouillait, j'allais perdre la tête.

Alors, quelque chose de doux a frotté ma jambe. C'était Tomi, notre chat. Il m'encourageait comme il pouvait : il y avait des choses à faire !

La panique a reculé, une étrange excitation m'a saisie. Je me suis mise à parler toute seule.

– Première chose : sauver Molosse.

Par miracle, juste à ce moment-là, mon gros chien a eu l'air de sortir d'un rêve. Son regard était plus assuré. Il ne tremblait plus. Il m'a léché la main.

– Je vais te donner à boire.

À la fontaine, j'ai trouvé un chiffon à l'odeur bizarre.

– Molosse, on t'a endormi !

Tomi tournait autour d'un air dégoûté. Molosse s'était redressé et restait assis, encore un peu assommé, à l'entrée de l'écurie.

– Pas de temps à perdre. On t'a endormi pour que tu ne donnes pas l'alerte. Cela veut dire qu'on a enlevé Bo !

Les pouliches hennissaient comme pour attirer mon attention.

– Ah, si vous pouviez parler !

Elles tendaient toutes le cou dans la même direction.

– Mais vous me parlez ! Vous m'indiquez la place de Ravinette, et elle est... vide !

Bo a-t-il échappé à ses agresseurs en s'enfuyant avec Ravinette ? La jument, souvent, n'est pas attachée et Bo s'amuse à l'enfourcher en un clin d'œil pour partir au galop.

– Non, il ne m'aurait pas laissée seule avec des bandits dans la maison et il aurait bien vu Molosse qui ne bougeait pas, là, au beau milieu de l'allée.

Les pouliches avaient cessé de s'agiter. Elles me suivaient du regard avec leurs grands yeux étonnés. Tomi était assis, la tête levée vers moi.

Je ne sais pas si c'est cela qui m'a donné confiance, mais soudain, j'ai pris une décision.

– Molosse, tu vas retrouver Bo. Viens !

Dans la chambre sens dessus dessous, j'ai cherché un foulard, une chemise, un bas laissés par Bonaventure.

– Sens cette odeur, Molosse, cherche, retrouve la trace de Bo !

Hors de la maison, Molosse a hésité, le nez au sol. Il a longé le mur et marqué un temps d'arrêt devant mon tout nouveau, tout petit rosier, à peine planté. Mon pauvre rosier, à présent presque complètement effeuillé et même décapité.

– Bo l'a-t-il écrasé en voulant escalader le mur ?

Molosse est reparti. Il a couru d'un trait jusqu'au bosquet de saules. Derrière, cachée par les arbres, passe la route que nous ne prenons jamais, préférant couper par les prés pour rejoindre Alloue, le village le plus proche.

– Là, là et là... des traces de roues, deux voitures au moins, une berline, une carriole... Elles ont stationné et ont rebroussé chemin...

Le calme que Tomi m'avait donné s'estompait. J'ai senti de nouveau monter dans ma poitrine une douleur qui m'étouffait...

Molosse aboyait. J'ai baissé les yeux. Dans l'ornière, on avait jeté un bouton de rose et une longe en soie.

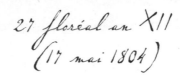

27 floréal an XII
(17 mai 1804)

Je n'ai pas pu hier en écrire davantage. J'ai dû m'occuper des pouliches, des moutons, des poules, des oiseaux de la volière et des chiens que Bonaventure soigne en ce moment, avec Molosse et Tomi sur les talons. Trop de choses à faire pour continuer à avoir peur !

Enfin, j'ai pu courir demander conseil.

En pansant les animaux, j'avais bien réfléchi : j'en étais arrivée à la conclusion suivante : si c'est Bonaventure qui a jeté derrière lui la rose et la longe, il a voulu ainsi me laisser, à moi, un message.

Voyons : le rosier, c'est lui qui me l'a apporté de la part de Verdier, le jardinier du domaine. Est-ce que Verdier sait quelque chose ?

La longe, c'est incompréhensible que mon frère s'en soit débarrassé. C'est une invention à lui, c'est sa manière de dresser les chevaux.

Personne, à part lui, ne sait parler aux animaux avec tant de douceur, les traiter si délicatement qu'on dirait ses enfants. On vient de tout le département pour lui confier un cheval doué. Il en fait une bête parfaite, obéissante, qui ne s'effraie de rien, ni des écarts des autres chevaux, ni des cris, ni du feu des flambeaux.

Son ami pour cela, c'est Marceau, le maréchal-ferrant. Après moi, c'est à lui seul qu'il a montré sa longe en soie.

Quand ils dressent un cheval à prendre leur rythme, la plupart des maîtres équestres les font tourner dans le manège en leur attachant une lanière de cuir. Ils peuvent en fouetter le dos des récalcitrants. Bonaventure, lui, a imaginé de guider ses chevaux avec une lanière de soie, si bien qu'aucun de ses mouvements, même s'ils sont rapides, ne peut faire le moindre mal au cheval.

Quand il a eu cette idée, nous avons découpé le seul morceau de soie qui existait dans cette maison, ma robe d'enfant quand je suis arrivée ici. Bo a confectionné d'autres longes depuis. Chacune est si précieuse qu'il n'a pu s'en séparer que pour une raison grave, et pour m'avertir, j'en suis sûre.

Marceau, le maréchal-ferrant, était occupé dans sa forge à Alloue. Il préparait ses outils pour la prochaine foire du département à Confolens. Mais il a tout abandonné en me voyant.

Il a pensé d'abord que c'était les ravisseurs qui, en prenant Bo au collet pour le forcer à monter dans leur berline, ont trouvé la longe (Bonaventure en a toujours une dans sa poche). Ils ont cru à une arme (un lacet à étrangler ?) et la lui ont arrachée.

Mais Bo n'a rien d'un bandit prêt à assassiner ses victimes !

En raisonnant, Marceau a changé d'avis : Bonaventure s'est débarrassé de la longe parce qu'il ne voulait pas que les hommes en noir la voient. C'est donc que ces hommes s'intéressent aux chevaux et c'est pour cela qu'ils ont enlevé Bo.

– Et Ravinette ! a dit Marceau.

J'avais oublié !

– Tu m'as dit qu'il y avait des marques de roues dans l'ornière, mais pas de traces de pas, ni d'hommes, ni de cheval, a repris Marceau. Où est passée Ravinette ? Parce qu'elle a bien disparu, n'est-ce pas ? Les hommes l'avaient sûrement déjà embarquée dans la carriole pour l'enlever, elle aussi, et la transporter sans que personne ne puisse la voir sur les routes...

– Et peut-être lui faire faire un voyage beaucoup trop long pour elle, ai-je dit.

– Ils ont emmené Bo et Ravinette de force dans un endroit où Bo ne voulait ni aller de son plein gré ni emmener Ravinette.

J'ai demandé, autant à lui qu'à moi :

– Mais qui ? Mais pourquoi ?

C'est Verdier le jardinier qui a donné la piste. Il a mis du temps à rassembler ses souvenirs au sujet de mon rosier, mais soudain, cela lui est revenu.

– Le rosier ? Le rosier, je l'ai donné à Bonaventure pour toi ! a-t-il répondu à ma question.

– Je sais bien, Verdier, et je t'en remercie encore. Mais que sais-tu de ce rosier ? Il vient d'où ? Est-ce qu'il a un nom ?

– Un nom, le rosier ? Ah, peut-être le mien, alors !

– Que veux-tu dire, Verdier ?

Il est devenu très bavard.

– Tu sais, Léonetta, ton frère dresse les chevaux, mais moi, j'invente des fleurs. Il y a quelques mois est arrivé ici un beau monsieur, en équipage, plein de parfums, plein de couleurs. Il passait de domaine en domaine et même de ferme en ferme, et, chaque fois, il demandait à voir le maître jardinier.

Verdier s'est rengorgé. Et moi, j'aime Verdier, je l'ai laissé prendre son temps, malgré l'impatience, malgré l'urgence !

– Il m'a expliqué, à moi (parfois, je ne comprenais pas tout ce qu'il disait), qu'il cherchait des fleurs qui aient la grâcc des fleurs des champs et la résistance des fleurs de jardin, a raconté Verdier. Que si j'en connaissais, il me les achèterait un bon prix. Il avait remarqué les églantiers de la haie que j'avais taillée. Je l'ai emmené dans la serre. Il a tout de suite pris des fleurs en pot d'un rose tendre, une joue de bébé ! Il m'a dit : « Si vous pouviez faire des roses qui aient ce ton et un doux parfum, ma cousine serait enchantée. »

– Sa cousine ? Mais comment s'appelle-t-il, ton homme à fleurs ?

– Ici, on l'appelle le citoyen aux parfums. Mais il y a un nom sur le reçu qu'il m'a remis quand je lui ai donné un lot de rosiers comme le tien. Parce que j'ai réussi. L'églantine a donné cette jolie rose que tu m'apportes là en bouton. Si c'est pas malheureux de l'avoir coupée !

– Attends, Verdier... Tu dis que tu as fait pousser des rosiers pour un mystérieux visiteur. De ces rosiers, tu en as donné un à Bonaventure. Est-ce qu'il savait que c'était un rosier exceptionnel ?

– Oui, oui, il le savait, a confirmé Verdier. D'ailleurs, j'ai parlé de lui au citoyen aux parfums, quand il m'a félicité d'avoir réussi. Je lui ai dit que nous avions un autre inventeur ici, un maître des chevaux !

– Ah, Verdier, montre-moi vite le reçu...

– Le voilà. Je ne sais pas lire, mais toi, oui.

Sur le reçu, il y avait bien un nom : Tascher, et une adresse : palais des Tuileries, Paris.

Je me suis écriée :

– Les Tuileries ? Le palais des rois ?

– Ah, il n'y a plus de roi, s'est un peu fâché Verdier. Je ne sais pas lire, mais je sais quand même que c'est le Premier consul qui habite les Tuileries maintenant, et c'est pour sa dame que ce citoyen, ce lustucru... Comment dis-tu qu'il s'appelle déjà ? Tascher ?... que ce Tascher cherche les plus belles roses. Même qu'il va m'inviter à voir son jardin...

Voilà tout ce que Bonaventure avait voulu dire : la longe dans l'ornière indiquait qu'on les enlevait, Ravinette et lui, et la rose donnait le but du voyage : Paris.

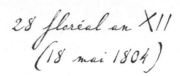

28 floréal an XII
(18 mai 1804)

Je dois donc aller à Paris, palais des Tuileries. Que faire là-bas? Attendre de voir passer Ravinette? Chercher le citoyen Tascher, alors qu'il est déjà sans doute sur d'autres routes à la recherche d'autres plantes? Obtenir une audience de la femme du Premier consul dont je ne sais même pas le nom? Moi, Léonetta, âgée de quatorze ans, avec en poche la longe en soie de mon frère, comment partir? Qui gardera la maison, les pouliches, les moutons, les poules, mes oiseaux chanteurs et la petite hulotte dont une aile est cassée?

J'ai attendu toute la journée avec l'espoir secret que le cauchemar s'achevait, que Bonaventure rentrait, jetait son chapeau sur la table et disait:

– Léo, l'orage monte. C'est la meilleure heure pour aller à la pêche, viens!

29 floréal an XII
(19 mai 1804)

*J*e sais le nom de la femme du Premier consul. Elle s'appelle Marie-Josèphe-Rose. Son mari l'a rebaptisée Joséphine. Elle s'est mariée avec Napoléon Bonaparte en 1796. On la dit très belle et très bonne. Elle adore les roses! Aimé Tascher est son cousin. Il est né comme elle à la Martinique. D'après Verdier, il sera à Paris dans moins d'une semaine. C'est le temps qu'il me faudra à moi aussi pour arriver aux Tuileries.

30 floréal an XII
(20 mai 1804)

J'ai confié la maison et les animaux à Marceau. Depuis que nous avons été séparés de nos parents, en 1794 (j'avais quatre ans et mon frère, douze), nous sommes sans nouvelles d'eux. Mais nous ne nous étions jamais quittés, Bonaventure et moi. Il faut absolument que je le retrouve. C'est cela qui me donne l'audace d'aller à Paris. Pour voyager incognito, je vais m'habiller en garçon. Une fille seule, en diligence, ne passerait pas inaperçue. Mais j'emmène Molosse : j'ai besoin de son flair et de sa compagnie. Je ne veux pas me le dire trop, mais je crois que j'ai un peu peur de partir.

Marceau m'a conseillé de ne pas donner la vraie raison de mon départ pour ne pas alerter les hommes en noir. Alors, j'ai dit tout alentour que j'avais reçu des nouvelles de nos parents. On les considère ici comme des émigrés, des nobles qui ont quitté la France au moment où la Terreur les menaçait de la guillotine, bien que nous n'en sachions rien. En tout cas, moi, je n'en sais rien. Bonaventure m'a promis de me raconter l'histoire de notre famille le jour de mes quinze ans, dans six mois. J'attendais avec tant d'impatience cet anniversaire ! Oh, mon frère, où es-tu ?

Il faut que je m'arrête d'écrire pour préparer mes affaires. Tout à l'heure, pour la première fois de ma vie, j'ai vu des pièces d'or que Marceau appelle des « jaunets ». Il me les a données en me disant qu'il les devait à Bonaventure et m'a dit de les coudre dans mon habit.

1er prairial an XII

(21 mai 1804), vers 10 h

Ouf, je suis fourbue, mais pas autant que les che‑
vaux. Je profite de cette pause imprévue pour noter
tout ce qui s'est passé depuis ce matin. Je vais le
raconter par le menu, en essayant de ne rien
oublier.

Le relais de la diligence, *La petite Poste, chez
Planchet*, est à une demi‑lieue de chez nous.
Marceau nous y a emmenés, Molosse et moi, dans sa
carriole. Nous avons quitté la maison avant l'aube,
car la diligence part exactement au lever du soleil et
Marceau devait parler au maître de poste qui est
son ami. Il me faudrait un passeport et je n'en ai
pas. Il allait arranger cela. Une pensée m'étreignait :
« S'il n'y a pas de place dans la diligence, qu'allons‑
nous faire ? »

J'étais empêtrée dans un manteau de
Bonaventure. J'y fourre souvent mon nez pour
retrouver son odeur, sa présence. À peu près tout ce
que j'emporte tient dans les poches : une chemise
de garçon de rechange, un caleçon, une paire de
bas, un peigne, un bâton de buis pour se frotter les

dents, une fiole d'eau de Luce contre les maux de cœur, un peu d'eau de lavande contre les bosses, un grand mouchoir de toile. Et surtout, pour tenir mon journal, ce carnet et un crayon à mine de graphite. Le colporteur l'a apporté le mois dernier. Il l'a présenté comme une invention de Nicolas Conté, un ingénieur qui accompagnait le général Bonaparte en Égypte. J'ai pensé qu'il me porterait bonheur. Avec lui, je peux à la fois écrire et dessiner.

J'ai caché mes cheveux dans un bonnet de berger. Il y a tant de poussière en chemin, m'a dit Marceau, que les voyageurs s'accoutrent n'importe comment pour s'en protéger.

Au dernier moment, Verdier m'a glissé un petit sac de toile rempli de graines.

– Mes plus jolies giroflées... Dis que tu les apportes pour la collection du château, de ma part.

Je l'ai embrassé. Cela ne tiendra pas trop de place dans mes poches. Et, grâce à elles, Marceau a eu une idée. Il a écrit pour moi sur le registre du maître de poste que chaque voyageur doit remplir :

« Nom : Marceau fils.

Profession : jardinier.

Objet du voyage : transport de plantes rares.

Lieu de destination : Paris, palais des Tuileries. »

– Écris à chaque relais « palais des Tuileries », cela impressionnera tout le monde, m'a chuchoté Marceau. On ne t'en demandera pas plus... Voilà le postillon, le maître d'équipage. Il est tout-puissant dans la diligence : il choisit les raccourcis, commande au cocher de régler l'allure des chevaux, houspille les voyageurs. S'il t'adopte, tout ira bien.

Marceau s'est approché de lui. Je l'ai vu tirer de sa poche une bourse et deux bouteilles de son meilleur vin.

J'avais le cœur bien gros quand Marceau m'a serrée sur son cœur. Il m'a rassurée :

– À bientôt, Léo. Ne parle que quand tu y es obligée : ta petite voix risque de te trahir, mais autrement, tu fais un fier garçon, et Bonaventure a besoin de toi. Fie-toi à Molosse. Il te protégera.

Il a cligné de l'œil en s'éloignant. Je ne peux pas dire que je n'avais pas une boule dans la gorge à ce moment-là.

Une grosse dame est sortie de l'auberge. Elle a remarqué Molosse. Elle s'est écriée :

– Un monstre ! Postillon, je ne souffrirai pas que cette bête soit avec nous !

Le postillon, émoustillé par les bouteilles et les pièces que Marceau lui avait glissées, ne s'est pas laissé impressionner :

– Celle-là… Elle sera de bonne humeur quand les poules porteront la hotte, a-t-il dit. Elle est comme un crin depuis le début du voyage ! Ouste, en route, toute la troupe ! Ma bonne dame, vous pourrez reposer votre humanité sans crainte : on ne prend pas le chien à l'intérieur. Tu devras courir à côté de nous, mon beau. Oh, tu ne te fatigueras pas trop ! Je n'ai pas le droit d'aller au galop. Seule la malle-poste le peut, ordre du gouvernement ! Nous, nous allons au pas ou au trot. Et d'un soleil à l'autre, du levant au couchant. Arrêt obligatoire toute la nuit.

Il m'a donné une formidable claque dans le dos.

– Tu dormiras dans des draps, mon mignon, a-t-il ajouté. Et, du relais, tu entendras passer la nuit la seule voiture qui en a le droit : la malle-poste, toujours elle, avec son courrier, ses papiers, ses ordres aux préfets et tes billets doux, mon garçon. Allez, monte. En route, j'ai dit, vous autres, et gare aux brigands !

Les voyageurs, en file, mal réveillés, se sont installés. Seule la grosse dame a donné de la voix :

– Prenez garde à ce que vous dites, postillon, ou bien pas de pourboire, a-t-elle crié. Allez bon train dans le beau chemin, et doucement en tournant.

– C'est bon, c'est bon, la mère, a grogné le postillon.

J'ai grimpé tout en haut sur l'impériale, à côté du cocher. C'est la place la moins chère. Mais j'ai droit aux cris, aux « hue-dia! » qu'il pousse à chaque instant pour mener les chevaux. Pauvres haridelles! Maigres et fouettées! J'ai pensé à Bonaventure et à sa manière d'être si doux. Les larmes me sont montées aux yeux. Le cocher m'a regardée d'un drôle d'air. J'ai fait semblant de me moucher. Le rhume des foins peut-être?

Avec un pincement au cœur, je voyais passer et disparaître mes chemins bordés de noisetiers, les rives de la Charente, nos coins de pêche, mon paysage familier.

La route filait droit maintenant. Pavée au milieu, elle est sablée des deux côtés. On doit descendre dans le sable pour croiser une autre diligence. Les chevaux s'y fatiguent. Nous allions tellement cahin-caha que j'entendais mes pièces s'entrechoquer, même les mieux cachées dans les ourlets.

Ce qui me consolait, c'était que Molosse avait l'air de faire le chemin en gambadant. Il nous dépassait quand nous allions au pas.

– Il rira moins, a grimacé un voyageur à la portière, l'air chafouin, quand il aura vingt lieues dans les pattes.

Est-ce la distance que nous allons faire aujour-d'hui ? Deux lieues à l'heure pendant dix heures ?

– Postillon, arrêtez, a ordonné la grosse dame. Ma lorgnette a disparu. Elle n'est plus dans les poches de la voiture. Regardez sous les coussins... Allons, postillon, ne prenez point ce chemin de tra-verse, quelque court qu'il soit ! Je ne veux point quitter le grand chemin. Je ne souffrirai point que vous vous en écartiez !!!

J'avais presque mal au cœur. Je me sentais des crampes dans les jambes. Après un temps qui m'a paru interminable, j'ai osé parler au cocher, en gros-sissant ma voix.

– À quelle distance sommes-nous du relais ?

Les roues grinçaient, j'étais presque obligée de hurler. J'ai senti des coups frappés sous mes pieds. C'était l'hurluberlu à l'air chafouin, dans la voiture, qui tapait à coups de canne au plafond.

– La peste soit du vacarme ! répétait-il avec aigreur.

– Ce citoyen m'a tout l'air d'un ci-devant noble, a grommelé le cocher. On avait pourtant tout fait pour s'en débarrasser... Mais ceux qui nous ont échappé, les voilà qui reviennent, comme si de rien n'était. Paraît que Bonaparte veut ça, aujourd'hui : réconcilier les Français. Mais nous, on a fait la Révolution pour qu'ils ne se croient pas tout permis, ces beaux messieurs! Non mais, écoute un peu cette citoyenne qui parle à la mode de Marie-Antoinette... Lanturlu! Elle n'a pas le bec gelé, elle n'a pas cessé de brailler depuis qu'elle est montée! Et ce malotru, manchot des deux bras, qui fait le raisonneur...

La grosse dame s'époumonait :

– Postillon, réveillez-vous! Vous avez donc bu, dès ce matin... Mais il dort, ce lendore! Cocher, est-ce que nous sommes égarés? Il faut interroger le premier passant ou demander à la première chaumière... Arrêtez, je veux descendre, arrêtez, arrêtez donc... Ouvrez la portière, abaissez le marche-pied...

Nous avons bien failli verser quand une grosse berline nous a frôlés à vive allure.

– Patata, patata...

Le postillon a imité le galop des chevaux qui venaient de passer, puis le langage du chafouin :

– La peste soit de la poste!

Il a fait arrêter la diligence pour vérifier la roue que la berline avait heurtée. Nous sommes tous descendus. Le postillon et le cocher n'étaient pas du même avis sur la réparation à faire. Comme cela durait, j'ai tiré mon carnet de mes poches. J'ai eu le temps d'écrire ce récit, assise dans le fossé, sous un arbre du bord de la route. Le postillon est encore en train de se disputer avec le cocher. Quel temps perdu. Je ne pense qu'à une chose : aller plus vite, aller comme le vent pour retrouver Bonaventure !

2 prairial an XII
(22 mai 1804), à l'aube

*L*e jour va se lever. Il faut que je me dépêche de noter l'aventure de cette nuit. La diligence va repartir dès que le soleil aura paru. Hier soir, nous avons été obligés de nous arrêter avant le relais, à cause du retard que nous avions pris. Nous avons passé la nuit dans une minuscule auberge. Son nom est *À l'enseigne de la Lune*, mais ce n'est pas la peine de le retenir, l'endroit n'est pas fameux. Comme souper, il n'y avait que du cresson de fontaine, et une « soupe au perroquet », du pain trempé dans du vin dont je n'ai pas pu avaler un seul morceau. Molosse n'a rien eu à se mettre sous la dent. Je l'ai entendu plus tard dans l'escalier faire la chasse aux souris. Pour moi, c'est aux punaises que j'ai livré bataille. Ma parole, elles devaient habiter ma paillasse depuis le commencement des temps et croire qu'elles allaient faire de moi leur festin jusqu'au lendemain matin.

Tout à coup, la porte s'est ouverte.

– Pousse-toi, mon garçon. Un voyageur attardé va dormir ici. Il n'y a plus d'autre chambre dans l'auberge, et c'est le règlement : quand c'est complet, on partage !

L'aubergiste est reparti aussitôt avec son bout de chandelle, bien trop pingre pour laisser de la lumière. Heureusement !

L'inconnu ne m'avait même pas regardée. Sans un mot, je lui ai laissé le lit aux punaises. J'ai rejoint Molosse. Je préfère dormir par terre, enroulée dans le manteau de mon frère, entre les pattes et dans les puces de mon chien qu'à côté de ce compagnon improvisé au milieu de punaises en folie. Cinq minutes plus tard, je l'ai entendu à travers la porte : il ronflait aussi fort qu'un carillon.

On m'a trouvé un petit coin au milieu des prépa-
ratifs. Je suis assise par terre, le dos appuyé à une
malle. Mais je n'échangerais pas ma place pour un
trône.

J'explique la situation : au petit matin, réveillée
par le chant des oiseaux, j'ai vite noté comment
j'avais dormi, non pas dans le plus mauvais galetas
de la pire des auberges, mais carrément sur une
marche d'escalier. Je ne pouvais pas repartir sans
rentrer dans la chambre et reprendre les bottes
que j'y avais laissées. Enveloppée dans le manteau
de Bo, j'ai essayé de le faire en catimini. Je n'avais
pas fait trois pas qu'une voix claironnante s'est
élevée :

— Jerni-coton, mais tu es une fille !

Je suis restée saisie : ce juron inconnu m'a plongée
dans la stupeur et le ravissement, mais il m'a aussi
glacé le sang : j'étais découverte, catastrophe,
anéantissement !

J'avais oublié que mes cheveux étaient dénoués.
Les garçons ont beau les porter longs, les miens

descendent deux fois plus bas. Ébouriffée, couverte de poussière, je me suis sentie perdue. L'aventure allait s'arrêter là.

– Ne fais pas cette tête-là! a ajouté le jeune homme qu'on avait hier fourré dans mon lit, maintenant tranquillement assis dedans. Si je comprends bien, tu m'as laissé dormir tout seul. L'aubergiste m'avait vaguement prévenu que je devais partager la chambre. Et je t'ai entr'aperçue en arrivant. Mais je crois que je tombais de fatigue. Je n'ai même pas senti ces bestioles me dévorer.

Il a relevé ses manches pour constater les morsures des punaises. Et tout simplement, il a enchaîné:

– Et où vas-tu comme cela, belle enfant?

Le « belle enfant » m'a agacée. Le ton de la voix, le regard de cet homme m'ont intriguée. Il avait juste l'air amusé.

Puisque tout était découvert, j'ai laissé entrer Molosse dans la chambre. Il a vu l'inconnu et n'a pas grondé.

– Mazette, quelle beauté! Le superbe toutou! a plaisanté mon envahisseur.

Personne n'a jamais traité Molosse de toutou. C'est un gros et grand chien, un gardien de troupeaux, un cerbère devant la maison, un redoutable garde du corps et, depuis peu, un compagnon de voyage infatigable et dévoué.

Le jour se levait. La voiture allait repartir, le postillon recommencer à tout régenter, la dame à protester, le chafouin à maugréer. Tout m'accablait.

— Tu ne dis rien, a repris l'homme qui s'était habillé comme par enchantement. Tu as l'air d'avoir un secret, a-t-il continué. Ce n'est pas pour me déplaire. Si j'osais, je te proposerais une affaire. Il faut que ton chien approuve, bien sûr.

Il n'était pas gêné de parler sans que je réponde.

— Tu vas à Paris puisque tu voyages avec cette patache que j'ai vue dans la cour. Mon cheval à moi est dehors. Nous devons être à moins d'une heure de l'endroit où l'on garde mon trésor. Je devais y arriver cette nuit, mais je me suis perdu dans les étangs. La lune avait disparu et la brume, tout envahi. Enfin, j'ai vu l'auberge, pas la meilleure de la région, on peut le dire ! Tant pis, autant attendre là l'aube d'un grand jour. Car, si tu veux savoir, j'y vais moi aussi, à Paris. Et plus vite que par ces mauvais chemins. C'est la voie des airs que je prends. Et sais-tu comment ? En montgolfière !

*J'*ai dû changer de place mais je reprends mon crayon. J'ai hâte de noter ce que je sais de mon voisin de nuit et de sa formidable idée. Il s'appelle Isidore Baron, né à Épinal, habitant la Butte-aux-Cailles, près de Paris. Il est ingénieur, j'ai bien retenu le nom : aérostier. Son idée consiste à faire de nous, Molosse et moi, les passagers de son ballon dirigeable. Il est capable, selon lui, de nous transporter sur les ailes du vent. Mon rêve ! Échapper aux cahots de la diligence, et aller plus vite qu'elle.

— Tu seras comme Schéhérazade sur un tapis volant, me répétait Isidore pour me convaincre.

Je n'ai pas hésité longtemps : nous allions ainsi gagner du temps, échapper aux « Postillon, arrêtez ! », « Postillon, continuez ! », aux coups de canne du chafouin et à la « soupe au perroquet » ! En secret, je le dis, j'étais soulagée aussi de ne plus avoir à faire semblant d'être un garçon... Mais j'ai pris goût à mon déguisement. Pratique, la culotte !

– Sais-tu monter à cheval ?

La question d'Isidore a fait naître l'image de Ravinette dans ma tête. J'ai frissonné. Nous étions dans la cour de l'auberge. Personne d'autre que nous n'était encore levé. Isidore a chuchoté :

– Tu vas monter derrière moi. L'Intrépide, mon brave cheval, s'y connaît en dame. Il ne te secouera pas autant que ton cocher. De toute façon, tu es habillée pour le galop ! Ah, sapristi, ça ne plairait pas à notre empereur ! Dans un décret, il a interdit aux femmes de porter des pantalons !

Notre empereur ? Je ne comprenais pas bien.

Isidore marchait à grandes enjambées. Cela ravissait Molosse, mais moi, n'oublions pas que je venais de passer une journée perchée sur une impériale et une nuit à la dure, sur du plancher !

La déclaration d'Isidore a balayé en un instant mes courbatures :

– Si ce vol réussit, ma machine pourra être homologuée et servir pour les fêtes du sacre, ou du couronnement, on ne sait pas bien encore.

– Le sacre ?

– Ah, elle a dit un mot ! et quel mot ! s'est exclamé Isidore. Oui, le sacre de notre empereur, du tien et du mien, l'empereur de tous les Français... Napoléon Ier ! Tu ne le sais pas encore ? Il est vrai que cela ne date que d'une semaine, du 29 floréal, exactement, si j'en crois *Le Moniteur*.

J'ignorais qui est ce moniteur, mais je ne l'ai pas dit. Isidore, comme s'il avait deviné, a précisé :

– Le journal *Le Moniteur*. Les nouvelles, la politique, les affaires ! J'y ai lu la semaine dernière que le Sénat avait proclamé Bonaparte empereur. Le premier depuis Charlemagne.

Il a insisté :

– Depuis mille ans, on n'a pas eu d'empereur !

Je commençais à comprendre qu'Isidore adorait parler. Mais si j'étais tout ouïe, c'est que, sans savoir du tout pourquoi, j'avais l'impression d'être sur la bonne piste, celle qui me mènera jusqu'à Bonaventure. Isidore était apparemment aux anges d'avoir un public :

– Un empereur, c'est ce qu'il nous faut, à mon avis, a-t-il déclaré. Tous les rois d'Europe nous en veulent d'avoir fait la Révolution. Ils ont peur que nos idées neuves entrent dans leurs pays. Ils soutiennent nos adversaires, les émigrés, les nobles qui ont fui de chez nous, avec tout ce qu'ils pouvaient emporter. Ces animaux-là rêvent depuis l'étranger de remettre un roi sur le trône de France. Ils préparent des attentats, ils trament des complots, ils veulent la guerre... Contre eux, rien ne vaut un bon, un vrai empereur. Mais, attention, pas un empereur de France, un empereur des Français... Tu vois la différence : Napoléon va jurer de gouverner pour l'intérêt, le bonheur, la gloire du peuple français. Vive l'empereur ! On n'a pas fait la Révolution pour rien ! Il va y avoir des fêtes à n'en plus finir pour célébrer cela, des feux d'artifice, des bals, des festins, tout Paris pavoisé. Et la modernité : ma machine, une montgolfière perfectionnée par mes soins passera juste au-dessus des têtes. Je transporterai un orchestre au-dessus des danseurs ! Je ferai pleuvoir des pétales de roses sur le peuple ! Je serai artiste en montgolfière sous les vivats !

L'enthousiasme d'Isidore m'a gagnée. Et sa montgolfière m'a conquise. Quand nous sommes arrivés au hangar à ballons, ses aides l'avaient déjà sortie de son abri de toile. Ils chargeaient les sacs de sable qui servent de lest.

– Trente-six heures pour la gonfler ! m'a fait remarquer Isidore. Merci, mes amis, d'avoir compris que j'arriverai quand même, malgré le brouillard.

Il s'est tourné vers moi.

– C'est une chance que tu sois sans bagages : on aurait peut-être dû les larguer en cas de besoin ! À ma dernière ascension, quand j'ai jeté la chaise qui me restait pour reprendre de la hauteur, juste à ce moment-là, le vent a repris. Je suis remonté à une telle vitesse que mon estomac a suivi : j'avais l'impression de l'avoir dans la gorge ! Ma chaise était tombée près d'un berger. Stupéfaction du bonhomme ! Le temps qu'il observe l'objet et qu'il ait l'idée de lever la tête, j'avais disparu dans les nuages. Jerni-coton ! Il a été tout à fait persuadé que la chaise était tombée du Paradis ! L'affaire a fait sensation. J'ai dû aller dire au brave curé du pays, qui voulait en faire une relique dans son église, qu'au dix-neuvième siècle, la science pouvait expliquer son miracle.

Même jour, en vol

*C'*est grisant, je vole ! J'obéis aux ordres d'Isidore, mon carnet à la main. J'ignore si je pourrai relire mes pattes de mouche (on est parfois un peu secoué dans une montgolfière), mais je tente de griffonner la suite de la journée : le voyage a commencé il y a trois heures. Le premier, Molosse a sauté dans la nacelle en osier. J'en ai enjambé les bords (encore un avantage de la culotte). Isidore et Geoffroy, son aide, avaient fini de vérifier leurs instruments en m'étourdissant avec leurs explications : boussole, altimètre, variomètre, barographe (il faudra que je pense à écrire en marge à quoi ils servent). Il y a même une trompe d'appel et un porte-voix !

– À partir de maintenant, je suis le capitaine, a dit Isidore. Dans un ballon, comme sur un navire, pour la sécurité de tous, on obéit à un seul. Repère bien cette corde, c'est notre frein. Celle-là, avec un ruban rouge, ouvre un panneau dans notre voilure en cas de vent fort. Ne touche à rien. Mais si tu veux gagner ton brevet d'aérostier, note sur ton carnet, quand je te le dirai, la température et l'altitude. Encore un sac, ce sont nos provisions. Et voilà mon violon. Je vais l'essayer dans les nuages. Il fait plus froid là-haut, je veux étudier l'effet que cela fait sur les cordes. Je te jouerai une nouveauté, d'un certain Beethoven !

Je n'ai même pas senti que nous partions. Quelques ordres. Les filins qui retenaient la montgolfière à terre ont été lâchés. En silence, avec seulement le petit chuchotement de l'air qui gonfle notre ballon, nous nous sommes détachés de la terre. Les gens restés au sol se sont rapetissés. Je me suis sentie comme Gulliver. J'ai pensé aux estampes du livre que nous regardions ensemble, Bonaventure et moi, dans notre maison, autrefois.

Isidore manœuvrait. Quand il m'a vue sortir mon mouchoir de ma poche (en cachette, pourtant!), il m'a souri.

Je ne lui ai rien raconté. Je ne lui ai même pas dit mon nom. Il est passionné, il est drôle, il croit à son affaire. Il ne me traite pas comme une enfant. Il respecte mon secret, il m'explique ce qu'il fait. Ce sont les qualités qu'on trouve chez un ami. Puis-je compter ainsi sur lui?

*Même jour,
un peu avant minuit*

Cela n'aurait pas dû me faire rire, mais pourtant, si.

Mon carnet est rempli de croquis : des fermes vues du ciel, des chevaux vus de haut. Des paysages en grisé, des arbres hachurés. Le crayon de Nicolas Conté est une invention géniale !

J'ai écrit aussi des nombres : des hauteurs en pieds, des températures en degrés. J'ai tout noté, sans bouger de mon coin pour ne pas gêner Isidore ni Geoffroy, son aide.

Nous volions juste au-dessus des arbres. Parfois, nous sommes passés au milieu des branches. Molosse est resté nez à nez avec une famille d'écureuils. J'ai senti le vent, j'avais l'impression qu'il m'entourait, qu'il me berçait, que je me baignais dedans. J'en oubliais que, comme toilette du matin, je m'étais juste frotté le bout du nez avec l'eau de l'abreuvoir aux chevaux.

Le soleil brillait. Une ombrelle a surgi des profondeurs de la nacelle. La terre filait, une vallée, des collines, une forêt. Ah, la forêt : j'aurais voulu caresser ses feuillages jamais vus de si près, la tête de ses arbres, comme des vagues.

– Isidore, tu as déjà volé au-dessus de la mer ?

– J'essayerais bien la traversée de la Manche, mais j'ai un peu peur de l'accueil des Anglais : ils n'aiment pas trop notre empereur ! Attention, un clocher !

Des odeurs de fumées nous ont donné faim. Isidore a partagé un pain et un fromage inconnu de moi dont je retiens le nom : du gruyère.

– Un jour, je suis monté à une telle hauteur que je ne pouvais plus avaler : l'air m'avait desséché la bouche, m'a expliqué Isidore. Sous la Convention, un aérostier est monté à douze mille pieds. Il avait une bonne raison : il voulait se rapprocher le plus possible de Dieu pour lui lire la Déclaration des droits de l'homme. Il a jeté dans l'éther les feuillets de la nouvelle Constitution. Et il a bu à la santé de tous les peuples de la terre. Faisons comme lui !

C'était la première gorgée de vin de ma vie. Je ne pouvais pas refuser cela à l'Univers.

D'en haut, nous avons dépassé nombre d'attelages et la fameuse malle-poste, le plus rapide moyen de transport de l'époque, objet, hier, de la jalousie de mon postillon.

– Nous atterrirons à Paris, Isidore ?

– Tout près, ma belle, tout près, à Meudon. De là, nous aviserons. Tu seras à Paris avant ta diligence !

Cher Isidore, nous ne sommes pas arrivés à Meudon. Le vent soudain est tombé. Nous avons jeté, un à un, les sacs de sable, le panier à provisions, et même la belle ombrelle ! Rien à faire. Le ballon descendait majestueusement. Par chance, nous étions au-dessus d'une prairie. Par malchance, tout près d'un fleuve. Allions-nous tomber à l'eau ? La nacelle a cogné les cailloux de la rive.

– Je n'ai même pas eu le temps d'essayer mon

violon, a constaté Isidore. Dommage pour Beethoven.

C'est cela qui m'a fait rire : l'air faussement dépité de mon aérostier.

– Cruelle ! Elle rit ! Mais tu as de la chance, ma petite. Tu veux être au plus vite à Paris. J'aperçois là-bas l'arrêt du bateau qui prend des voyageurs, le coche d'eau. Avec un peu de chance, tu peux continuer ton voyage par le fleuve. Après la terre et l'air, tu avanceras sur l'eau !

Le coche d'eau ne passait qu'à deux heures du matin. Drôle d'heure ! Mais lui, au moins, circule jour et nuit. Isidore avait retrouvé son entrain.

– Il me reste à trouver le télégraphe pour prévenir mes amis. Soupons, ma belle ! Tu me diras peut-être ton nom ?

– Léo.

– Léo ? Voilà qui est original et joli. Toutes les filles s'appellent aujourd'hui Jeanne, Laure ou Juliette. Et nous n'allons pas manquer de Joséphine, bientôt !

Isidore savait-il quelque chose de Joséphine, la future impératrice ? Il ne s'est pas fait prier :

– Eh bien, en voilà une vraie dame ! Elle, elle aime les montgolfières. Napoléon, lui, ne croit pas à leur avenir comme machines de guerre. Pendant la campagne d'Égypte, les Anglais ont coulé toute sa flotte, dans le port d'Aboukir, et avec elle, les dirigeables qui n'avaient pas encore été gonflés. Les aérostiers n'avaient plus d'utilité. Ils ont passé le reste de l'expédition à bricoler toutes sortes de choses. Pendant ce temps, à Paris, Joséphine faisait la fête, sans trop se soucier de Bonaparte. Elle s'était bien mariée avec lui, un peu avant, mais elle avait tellement de malheurs à rattraper. Elle a failli être guillotinée sous la Révolution ! Pourtant, une diseuse de bonne aventure lui avait prédit, quand elle était enfant, dans l'île de la Martinique : « Tu seras plus que reine. » Je me demande si elle y pensait, quand elle balayait sa prison, aux Carmes, à Paris, sous la Terreur, en attendant le jour fatal.

– Brrr... Tu me fais froid dans le dos. Mais qu'avait-elle fait pour être en prison ?

– Elle s'appelait madame de Beauharnais, à cette époque. Avoir un nom à particule, en ce temps-là, cela suffisait souvent pour qu'on vous guillotine. Elle y a échappé, je ne sais pas comment, mais heureusement !

Et Bo ? Comment va-t-il, lui, échapper à ses ravisseurs ? Et moi, qui parlais et perdais du temps... Isidore a sans doute senti mon trouble. Il m'a tendu un petit objet.

– Prends ça, moussaillon. Tu l'as gagné en notant les altitudes et les températures. Pourrais-je avoir la page de ton carnet ? Il me servira dans mon dossier. Je suis candidat avec ma montgolfière à être artificier des fêtes publiques de l'Empire. Tu as usé ton crayon pour cela. Je t'offre mon canif pour l'affûter. Mais chez nous, on dit qu'il ne faut pas donner des objets tranchants. Ça coupe l'amitié. Alors, il faut l'acheter : un sou ou un baiser.

Il m'a souri, il m'a pris la main, il s'est incliné.

Une journée historique : mon premier vol, mon premier verre de vin, mon premier baise-main.

3 prairial an XII
(23 mai 1804)

Le coche d'eau est arrivé presque sans bruit. Il semblait glisser dans la nuit. Seules les lanternes, sur ses deux côtés, réveillaient dans l'eau des reflets changeants. Quatre grands chevaux le tiraient depuis la rive. On entendait le bruit étouffé de leurs sabots. Le bateau s'est immobilisé, son mât et ses cordages balançaient leurs fines silhouettes dans l'air frais qui me tenait éveillée.

Je me suis jetée au cou d'Isidore. Oui, il est bien mon ami, je le retrouverai dans Paris, et mon frère et lui s'entendront bien, eux aussi, j'en suis sûre.

Molosse et moi étions les seuls à monter à bord. Pendant qu'on attelait le nouvel équipage, Isidore m'a présentée au capitaine comme sa petite sœur, membre comme lui d'une expédition scientifique. J'ai eu de la chance : une petite cabine était libre à bord. Un nouvel au revoir à mon pseudo-frère, puis je me suis juste assurée que j'avais bien mon carnet et mon crayon dans mes poches, que Molosse tenait à l'aise sous ma couchette et je me suis endormie avant même d'avoir senti que le coche repartait.

Il faisait grand jour quand je me suis réveillée. Ou plutôt, quand j'ai été réveillée. Une jeune fille a entrebâillé la porte de ma cabine.

– Le capitaine vous a confiée à moi. Nous nous sommes déjà arrêtés pour le déjeuner à la tasse, mais vous dormiez trop bien ! J'ai gardé pour vous et votre chien ces petits pains. Voulez-vous un peu de lait ? Il est froid maintenant, mais délicieux. Je l'ai parfumé moi-même à la fleur d'oranger ! Parce que le lait tel quel, qu'on achète dans les fermes du rivage, je le laisse aux petits veaux. Je le préfère au goût du jour. Buvez, buvez donc, et puis nous sortirons voir le paysage.

Elle s'est assise sur la couchette.

– Ah, c'est commode, vos habits de garçon. Alors, comme cela, vous volez en ballon ? Mais voyons, je me présente : Clara Biancardi. Je voyage depuis Bologne, en Italie, avec mon père, le maestro Biancardi, compositeur, ami de monsieur Érard, à Paris. Vous êtes savante, je suis artiste ! Aimez-vous danser ?

Je n'ai dansé que des gavottes, à la fête du domaine, sur la place du village, au son des vielles et des violons. Ce ne doit pas être ce que danse cette élégante demoiselle.

– Savez-vous qu'on aime la danse à la folie, à Paris ? On appelle même cela « dansomanie ». Mon père voyage pour les concerts, et moi pour les bals. J'ai eu un maître de chorégraphie qui n'était pas mécontent de moi. Il disait que je dansais mieux que la plupart des danseuses de ballet. Si vous passez votre culotte et vos bottes, vous ferez le cavalier, je vous montrerai ! Où descendez-vous à Paris ?

Je n'en avais pas la moindre idée, j'ai risqué :

– Au palais des Tuileries.

– Alors, vous irez jusqu'à la nouvelle passerelle des Arts avec le coche. Nous, nous nous arrêtons au Jardin des Plantes. Mon père va accorder un piano-forte dans le quartier. Mais ensuite, notre hôtel est rue du Mail, près de la maison Érard. Nous serons presque voisines. Hôtel de Metz, vous vous souviendrez ? Si vous ne voulez pas prendre l'air tout de suite, je vous présenterai mon père et je vous montrerai mes tenues pour le bal. Je dois encore faire broder un motif sur une robe. Conseillez-moi : une frise grecque ou des palmettes ?

Pendant que Clara me parlait, j'essayais de me coiffer : le peigne avait du mal à passer dans mes cheveux qui avaient successivement passé une journée sous un bonnet de berger, une nuit dans la poussière, un jour dans les airs.

– À Paris, vous les ferez couper, a dit Clara. Une coupe à la Titus, c'est la mode ! Même Bonaparte l'a fait !

Il n'y a vraiment que moi qui ne connaissais rien de la vie de ces grands personnages. D'habitude, je vis si loin de tout cela ! Tout était si surprenant que j'ai décidé de ne plus m'étonner de rien. Même si je trouve merveilleux que Clara me traite si vite ainsi comme une amie. Sur le pont, elle a continué à me tenir compagnie.

– Ne trouvez-vous pas que le coche est le plus agréable moyen de voyager dans votre pays ? m'a-t-elle demandé sans soupçonner que c'était la première fois que je sortais de chez moi. Vous voyez, nous sommes cinquante sur ce bateau, mais cela ne se sent pas : certains sont restés dans leur cabine ou dans la pièce commune. D'autres sont sur le toit. Nous nous arrêtons pour dîner et souper confortablement et nous dormons comme des loirs, bercés par le courant.

Le père de Clara m'a embrassée comme du bon pain. Il a aussitôt adopté Molosse qui est resté à ses pieds quand il a repris la lecture de ses partitions en battant la mesure. Tout à coup, il s'est mis à chanter à pleine voix en italien et tout le bateau a applaudi ! Est-ce cela, la vie d'artiste ?

Les chevaux allaient au grand trot. On ne peut pas aller plus vite en coche d'eau. Des barques nous entouraient parfois. Des pêcheurs nous faisaient signe. D'autres réparaient leurs filets. Sur les rives, des carrioles attelées à des bœufs croisaient des voyageurs à pied, avec leur baluchon. Nous passions sous des ponts, près des moulins. Un vol de canards sauvages m'a fait lever la tête :

hier, j'étais en l'air leur égale ! Mais c'est un autre jour qui m'intéresse : demain matin, nous serons à Paris.

4 prairial an XII
(24 mai 1804), tôt le matin

J'y suis ! Je suis à Paris ! Quand le coche s'est arrêté, un régiment faisait boire ses chevaux dans le fleuve. J'ai regardé de tous mes yeux pour voir si Ravinette se trouvait parmi eux. Les bêtes avançaient dans l'eau et s'ébrouaient. Leurs cavaliers riaient. Des hommes allaient et venaient pour décharger des bateaux de leurs cargaisons de fagots. Les bateliers vociféraient. Des femmes à la queue leu leu sur un petit ponton branlant portaient des paniers et des hottes remplies de linge.

– Il y a des bains à gauche, là, amarrés près du pont, et devant toi, un bateau-lavoir, m'a crié le capitaine. Profites-en ! Et les Tuileries sont en haut de la berge ! Au revoir !

C'est ainsi que j'ai laissé la belle petite cabine garnie de velours du coche d'eau. Les Biancardi m'ont serrée dans leurs bras en me faisant promettre de venir les voir après ma visite aux Tuileries. Je n'ai rien dit de ma mission. Je me souviens des recommandations de Marceau.

J'ai posé le pied pour la première fois à Paris, sur le sol boueux des bords de Seine. Une foule s'agitait dans tous les sens. Pour me donner du courage, j'ai pensé que j'étais tout près de Bonaventure.

Molosse reniflait et bousculait les petits chiens des charbonniers qui transportaient le bois. Quand je me suis glissée dans le rang des lavandières, elles m'ont houspillée.

– Ah, elle se faufile, elle croit qu'on ne la voit pas, la Marie-Mouvette !

Marie-Mouvette ! C'est ce qu'on dit aux fillettes toujours en mouvement... Mais quand les femmes ont aperçu Molosse, elles m'ont trouvé un petit coin. J'ai frotté comme j'ai pu l'une de mes chemises de garçon.

Elles se poussaient du coude.

– Il lui faudrait bien un autre trousseau ! En voilà, une bonne cliente pour la marchande à la toilette !

Il faut que je sois présentable pour paraître devant Aimé Tascher. Il faut évidemment d'abord le trouver !

J'écris ces lignes pendant que le linge sèche sur le toit du bateau-lavoir. Il est encore tôt. Je vais en profiter pour aller explorer ces bains flottants installés sur la Seine. Une véritable arche, tout en bois, avec au fronton l'inscription *Bains Vigier*. Je rêve de me laver. Cela fait trois jours que je me contente d'une toilette de chat.

Même jour, vers 11 h

Je suis entrée dans les bains en payant trente sous. J'ai eu pour ce prix-là un grand linge, du savon et une baignoire d'eau tiède pour moi toute seule dans un petit cabinet particulier. Derrière la paroi, j'entendais des gens chanter, s'interpeller. Il y a soixante baignoires, là, paraît-il !

– Une petite senteur... De l'Eau merveilleuse des sœurs Matthieu ? m'a proposé une femme à la caisse des bains en reprenant ma serviette.

Non, je n'avais pas le temps. J'ai couru sur la terrasse ornée d'orangers, oubliant presque Molosse qui m'a rejoint d'un bond. Il suffisait de monter sur le quai, les Tuileries étaient là derrière.

J'ai vu une grille, de grands arbres : le parc du palais. On y entre en passant devant une sentinelle. L'homme vérifie juste qu'on n'a aucun paquet. Heureusement, mon linge, bien roulé, tenait dans mes poches ! J'étais surprise de croiser des groupes de femmes en robes légères, de voir des hommes en habit, causant, installés sur des chaises. Des enfants couraient autour des massifs de fleurs. Tous étaient là comme chez eux.

J'ai fait asseoir Molosse.

– Ne bouge surtout pas !

Il fallait maintenant que j'entre dans le palais. Mon cœur battait. Tout ce voyage pour cette question :

– Puis-je voir le citoyen Tascher ?

Le garde à la grille de la porte principale bougonnait dans sa moustache.

– On n'entre pas comme cela au palais. Et le citoyen Tascher n'est pas là. Qui le demande ainsi ?

– J'ai... j'ai des plantes pour lui. Est-il en voyage ?

– En goguette plutôt... Il devrait être au Palais-Royal. Chez son coiffeur !

Et il s'est mis à rouler des yeux terribles.

Je me suis enfuie. Cette sentinelle... ce concierge... ou ce valet, ou... cette ordonnance, enfin... cet individu m'a ôté tout mon courage. Tout à coup, je ne pense plus qu'à rentrer chez moi. Adieu, l'espoir, tant pis pour toutes ces peines, la diligence, la mont-golfière, le coche d'eau... Je ne sais plus comment faire... Je suis prête à tout abandonner.

5 prairial an XII
(25 mai 1804) vers 6 h

*H*ier, dans mon désespoir, j'ai failli oublier Molosse dans le jardin des Tuileries. Il n'avait pas bougé pourtant. Un groupe d'enfants l'entourait.

– Est-il grand ! dit un garçon.

– Et fort, dit un autre.

– Et gentil, a ajouté une petite fille.

J'ai mis mes bras autour du cou de mon chien. J'ai enfoui ma tête dans ses poils. Il sentait le cheval, l'eau du fleuve, les souvenirs du coche d'eau.

– Tu as de la chance d'avoir un chien, a repris gra-vement le premier enfant.

J'ai enfin eu la force d'articuler :

– Que faites-vous là, les enfants ? Êtes-vous seuls ?

— Non, la nourrice de notre petit frère est là. Nous attendons notre maman.

— Elle est allée demander audience à la reine Joséphine.

— L'impératrice Joséphine, a corrigé le plus grand des enfants.

— Elle est gentille, Joséphine, a redit la petite fille.

Je n'ai pas pu m'empêcher de sourire.

— Et mon chien est gentil lui aussi ?

— C'est ton meilleur ami ? a demandé le plus petit.

Ami ! Voilà ce qu'il me fallait ! Demander conseil à un ami ! L'idée a jailli : mon amie à Paris, c'est Clara !

J'ai remercié les enfants, je suis partie en courant avec Molosse. En me renseignant une ou deux fois, j'ai atteint la rue du Mail, l'hôtel de Metz et justement, qui en sortait ? Clara !

— Léonetta !

— Clara, peux-tu venir, tout de suite, maintenant ? Il faut que je trouve un coiffeur, au Palais-Royal, celui du citoyen Tascher qui saura peut-être où se trouvent mon frère et Ravinette, qui ont disparu.

Dans mon trouble, je tutoyais Clara. Elle ne s'en étonna même pas. Elle m'avait prise par le bras.

— Que dis-tu ? m'a-t-elle juste répondu. Explique-moi en chemin. Justement, je vais au Palais-Royal, je vais te dire moi aussi pourquoi.

– Est-ce que Molosse peut rester ici ? Cela fait deux fois que je l'oublie dans cette ville...

– Je crois que l'hôtesse sera ravie si tu lui dis que c'est un fameux chasseur de souris !

La vie est si facile avec une amie comme Clara !

Le Palais-Royal est le rendez-vous d'une foule de gens. Si je n'avais pas été tellement pressée de trouver ce coiffeur, je serais restée bouche bée... Autour d'un jardin, sous des galeries de pierre, se succèdent des boutiques, un joaillier, un libraire, un marchand de mode, un de porcelaines, un autre de cannes et d'ombrelles, un café, un pâtissier, bien d'autres encore, à perte de vue. La foule regarde les vitrines, cause, entre sous les porches pour monter à l'étage. Il y a là-haut des salles de jeux. On y engage, m'a dit Clara, des sommes colossales.

Soudain, une enseigne : « Nouveautés, coiffeur. Ici, on coiffe aussi les dames ».

Clara a pris les devants. Elle a poussé la porte.

– Nous cherchons le citoyen Tascher.

Un petit jeune homme est sorti de derrière son comptoir encombré de flacons. J'ai eu le temps d'en reconnaître un, semblable à celui qu'on m'avait proposé une heure auparavant, dans l'établissement des *Bains Vigier*.

– Le citoyen Tascher ignorait qu'il avait rendez-vous avec de si jolies demoiselles, car il est parti, il y a une demi-heure à peine !

Ah, si près du but...

Clara a demandé vivement :

– Savez-vous où il pourrait se trouver ?

– Mais, à la Malmaison ! Sa voiture l'attendait pour y partir immédiatement. Il va présenter ses fleurs à madame Bonaparte. Si vous connaissez le citoyen Tascher, vous savez qu'il est bavard. Il nous a tout expliqué. Le temps d'installer les plantes dans les serres, tout sera prêt pour la fête au château. Mais cela doit rester secret. C'est une surprise pour son mari. Tenez, justement, si vous devez rejoindre le citoyen Tascher, prenez ce paquet, je vous prie. Il l'a oublié tout à l'heure ! C'est à remettre à Constant, le valet de chambre de l'Empereur. Mais pardonnez-moi, je dois m'occuper de ce général qui vient d'entrer... Et qui n'est pas patient, a-t-il ajouté à voix basse.

Clara a fait tout ce qu'il fallait : elle a pris le paquet, souri au jeune homme, laissé le galant général nous tenir la porte, et m'a entraînée sous la galerie.

– Léo, ce paquet tombe du ciel, tu vas pouvoir entrer à la Malmaison sans avoir besoin d'autre chose.

– La Malmaison ? Mais quel est cet endroit au nom si étrange ?

– C'est le château de Joséphine ! De madame Bonaparte, si tu préfères ! Ou de l'Impératrice ! Tu as remarqué, Léo, personne ne sait exactement quel titre lui donner. Et à son mari, encore moins. Voyons, comment dire ? Il est toujours consul mais davantage que Premier consul maintenant : consul à vie... On a proclamé qu'il allait devenir Empereur des Français, et avec cela, il est toujours le Général en chef des armées. Alors tout est possible : citoyen consul... Général... Votre Majesté... Pourquoi pas Napoléon et même, s'il a des fils, Napoléon Ier ? Joséphine se simplifie la vie : pour elle, il est uniquement « Bonaparte ».

Nous avons ri. Clara a immédiatement enchaîné :

– Oh, Léo, je t'envie de pouvoir aller à la Malmaison ! Bon, ce que j'ai à te dire mérite de s'arrêter. Voyons, entrons là, chez *Corazza*. Je ne sais pas si deux jeunes filles peuvent s'y installer sans mère ni chaperon, mais allons-y ! Je suis italienne, et artiste. Si ce n'est pas convenable, les gens diront que c'est encore une extravagance de mon pays.

Je n'étais jamais entrée dans un café. J'en suis encore éblouie. La porte donne sur des salles en enfilade, séparées par des arcades. Au milieu, une fontaine ; sur les murs d'un vert délicat, de grandes glaces dorées multiplient l'image des lustres, taillés comme des bijoux. Des orangers en pot et des statues séparent de petits guéridons en marbre.

Clara en a choisi un et nous a fait servir un breuvage exquis : chaud, onctueux, sucré et si parfumé...

– Mais qu'est-ce que c'est ?

Clara riait :

– Ma chère Léo, tu bois donc pour la première fois du chocolat ? C'est la spécialité de cet endroit, le *Café Corazza*. Pour te baptiser, il t'a fait des moustaches dignes du plus beau capitaine des armées de ton Empereur !

Elle m'a tendu son petit mouchoir de batiste. Puis elle a soupiré, mais avec un air de gaieté qui m'a surprise autant que charmée.

– Léo, est-ce que tu as déjà été amoureuse ?

Le récit qu'elle m'a fait alors est si extraordinaire qu'il faut que je le résume ici.

Pour les affaires de son père, Clara a été invitée, il y a quelques mois, à un dîner suivi d'un bal. Elle remarqua un beau jeune homme qui s'empressa de l'inviter. Elle dansa avec lui un quadrille, puis deux, puis trois. Ils parlèrent de musique. Il lui chanta à l'oreille une romance d'une voix de basse qui, « quand elle est murmurée, devient ensorcelante » (ce sont ses propres mots). Depuis, elle n'a pas cessé de penser à lui. En me faisant jurer le secret, elle a ajouté :

– Il est capitaine des chasseurs à cheval de la garde consulaire. Il s'appelle Eugène... C'est le fils de madame Bonaparte, a-t-elle enfin révélé.

– Quoi ? Mais comment madame Bonaparte peut-elle avoir un fils capitaine ? Elle n'est pas mariée depuis si longtemps...

– Joséphine, permets-moi de l'appeler ainsi, n'en est pas à son premier mari ! Alors, c'est moi, une Italienne, qui dois t'apprendre cela ? Figure-toi qu'à seize ans, Rose Tascher de la Pagerie (la future Joséphine), sur ordre de son père, a quitté la Martinique pour épouser à Paris Alexandre de Beauharnais, un beau cavalier, m'a-t-on dit. La voilà vicomtesse. Alexandre et elle ont ensemble deux enfants : mon Eugène et, deux ans plus tard, Hortense. Mais votre Révolution leur est fatale. On emprisonne Alexandre, et un peu plus tard notre Joséphine, à la prison des Carmes. Pour Alexandre, c'est la fin. Un matin, il en part pour être guillotiné. Quelques jours plus tard, ce devait être le tour de Joséphine. Mais soudain, Robespierre a été renversé. Du jour au lendemain, la Terreur a cessé. Elle était sauvée !

Cette histoire est aussi tragique que compliquée. Je me remémore ce que m'a appris Isidore : « Elle s'appelait madame de Beauharnais, à cette époque. Avoir un nom à particule, en ce temps-là, cela suffisait souvent pour qu'on vous guillotine. »

Clara a continué de m'expliquer :

– Eugène et Hortense aujourd'hui appellent Bonaparte « Papa », car ils n'avaient que onze et treize ans quand leur mère s'est remariée avec lui. Tu sais ce qu'on dit ? La petite Hortense était au dîner parmi les invités quand Bonaparte a fait la connaissance de sa mère. Elle était placée entre elle et lui. Eh bien, elle n'a rien pu manger ce soir-là : le jeune général s'intéressait à sa mère, qu'il a rebaptisée presque tout de suite Joséphine. Pour lui parler, il se penchait sans façon devant Hortense, la forçant à se tenir en arrière, sans pouvoir toucher à son assiette ! En une soirée, Napoléon était tombé fou amoureux !

Clara a soupiré, et... elle est passée du coq à l'âne !

– Est-ce que tu sais comment on embrasse un capitaine des chasseurs à cheval de la garde consulaire ? Non ? Alors, écoute-moi bien : d'abord, il doit te dire quelque chose de délicieux. Par exemple, que tu es merveilleusement belle. Ou douce. Ou mystérieuse. Ou les trois ! Il penche un peu la tête. Ne bouge pas, toi ! Il va s'approcher tout près, tout près. Tu sens ses cheveux sur ton front, sur tes joues. Ils sont soyeux, ils ont l'odeur du foin coupé. Tu respires, et là, tu fermes les yeux. Tu comprends qu'il t'a prise dans ses bras. Ce n'est pas brutal mais fort, irrésistible. Si tu te raidis, il murmure encore quelques mots. Ah la la, ton cœur fond. Il te pose un baiser très, très léger au coin des lèvres. Un petit vertige te prend. C'est toi, à ce moment-là, qui tourne la tête. Ta bouche est exactement en face de la sienne.

– Il t'embrasse, quoi, c'est ça ?

– Ah... pas encore ! Le baiser est prêt, il est là, il demande à palpiter, mais c'est toi qui décides. Un simple petit mouvement, et sa bouche à lui se retrouve sur ta joue. S'il est galant, il comprend que tu dis ainsi : « C'est assez, mon cher cavalier, plus tard, peut-être... » Il attend sans impatience. Mais si tu es sûre que c'est lui qui te fait battre le cœur, alors tu avances toi aussi un peu le visage, ta bouche touche la sienne et une force délicieuse, une folle douceur t'envahissent à la fois. Le baiser d'Eugène, chaque fois que j'y pense, me donne des ailes, me gonfle le cœur, me remplit de bonheur !

Euh, je ne sais pas si j'ai bien noté dans l'ordre les différentes étapes, mais Clara avait l'air de savoir de quoi elle parlait ; elle rayonnait !

– Je parle, je parle, mais j'écris si mal le français, a-t-elle ajouté... C'est pour cela que je venais au Palais-Royal, pour faire écrire une lettre à Eugène en la dictant à l'écrivain public dans sa boutique près de la librairie.

Mais maintenant que je suis là, moi, Léonetta, je peux la lui écrire, sa lettre.

– Ah, bonne idée, tu pourras trouver les jolis mots qu'il faut.

– Mais c'est toi l'experte, Clara. Je n'ai pas d'amoureux, moi...

– Bah, l'amour, ça se devine...

Nous sommes revenues, bras dessus, bras dessous, rue du Mail. Le maestro Biancardi nous attendait.

– Molosse m'a prévenu que la petite Léo était revenue. Parfait, parfait, vous allez apprécier le programme de ce soir : il y a un concert dans les magnifiques salons de mon ami Érard !

J'ai eu le temps avant la soirée d'écrire tout ce que j'ai découvert aujourd'hui. Je dois réfléchir maintenant au moyen d'aller demain au château de la Malmaison.

6 prairial an XII
(26 mai 1804)

Je n'ai pas trouvé toute seule le chemin de la Malmaison. Clara a pensé qu'il fallait mettre le maestro Biancardi au courant de l'affaire. Il a tout écouté. Il a hoché la tête.

— Cette histoire d'hommes en noir, cela me fait penser à un dénommé Fouché. Il était responsable de la police à la fin du Directoire. Il faisait tout espionner par des hommes à lui, jamais vus, jamais pris. Il a été chargé de la garde de Bonaparte qui se sentait menacé par les attentats de ses ennemis politiques. Fouché a la passion de tout savoir. Il a vite compris le parti qu'il pouvait tirer de Joséphine, qui est fine mouche, sait observer et retenir tout ce qu'elle voit. Il s'en est fait une alliée en veillant à ses menus plaisirs et en faisant payer quelques factures qu'elle voulait cacher à son mari. En échange, Joséphine racontait à Fouché ce qui se passait dans l'entourage de Bonaparte, lui donnait les opinions des uns et des autres, et surtout celles du Premier consul lui-même! Cela faisait de Fouché l'homme le mieux renseigné du pays. Actuellement, Fouché, que Bonaparte avait éloigné du pouvoir, revient dans les parages. On parle de lui comme un futur ministre de la Police de l'Empire. Il est là, caché, comme une araignée qui guette. Je ne voudrais pas que la jeune Léo coure le danger de se jeter dans sa toile.

Plus fascinée qu'effrayée, j'ai répondu :

– Mais je dois retrouver Bonaventure !

– Laissez-moi réfléchir... Je vois une chose possible : je viens de parler avec monsieur Érard qui, en plus du meilleur fabricant de pianoforte et du plus fin organisateur de concerts de Paris, est mon bien cher ami. Pendant que nous causions, un groupe de jeunes gens a fait irruption. Tu les aurais adorés, Clara ! Ce sont ces jeunes gens à la mode, qui disent tout le temps « Incroyable ! » Ils apportaient une harpe. Et c'est cela qui va vous intéresser, mesdemoiselles : il s'agit de la propre harpe de madame Bonaparte. Il fallait la réparer, l'accorder sur l'heure et la faire reporter demain au plus tard. Cette petite troupe prépare un spectacle et doit répéter. Mais ils n'étaient pas mécontents de rester à Paris ce soir. Érard les a invités au concert. Voici mon idée : je vais prier tout à l'heure monsieur Érard de me confier cette harpe. Je l'accorderai et demanderai à l'apporter moi-même à Joséphine pour vérifier que rien ne s'est déréglé dans les cahots du voyage. Demain, j'emmène Léo avec moi, nous entrons au château de Malmaison avec la harpe et la lettre qu'Érard me fera. Nous trouvons Tascher et, j'espère, la clé du mystère.

7 prairial an XII (27 mai 1804), vers 10 h

*C*e n'est pas à deux, mais à trois que nous sommes arrivés, dans la voiture obligeamment prêtée par Monsieur Érard, à la grille du domaine de Malmaison. Partis avec la harpe bien enveloppée dans un tapis d'orient, nous nous sommes arrêtés à la barrière de la sortie de Paris. J'ai dû montrer ce qu'il y avait dans mon panier, le paquet du Palais-Royal que Clara n'a pas oublié de me confier, en me faisant mille recommandations :

– Tâche de parler à Constant. Demande-lui s'il y a bientôt dans Paris un bal où Eugène paraîtrait...

Nous n'avions même pas pensé à savoir ce qu'il contenait, ce fameux paquet. En le défaisant, mon châle a glissé : je ne suis pas habituée à cette mode-là. Clara m'a habillée de pied en cap. Elle m'a fait passer l'une de ses robes, si blanche, si légère que j'ai l'impression qu'elle est complètement transparente. Elle m'a enroulée dans ce châle, un tissu doux qu'on porte sur les épaules, et coiffée d'un petit bonnet qui me fait ressembler à une poupée ! J'ai aux pieds des escarpins en soie qui me changent du tout au tout de mes bottes de cavalier ! Je tiens à la main un minuscule sac qu'on appelle « réticule » ou « ridicule », je n'ai pas bien compris. J'ai réussi à y glisser le mouchoir de batiste de Clara, mon carnet, mon crayon et le petit sac de giroflées que Verdier m'a donné.

J'ai découvert en même temps que le garde-barrière le contenu du paquet à remettre à Tascher : des flacons marqués EAU DE CEDRAT.

– Le futur empereur se parfume au citron, m'a soufflé le maestro Biancardi. C'est un homme délicat !

À ce moment-là, Molosse a surgi ! Il a sauté dans la voiture dont la porte était restée ouverte. Il nous avait suivis depuis la rue du Mail. Que faire de lui ? On ne nous aurait pas laissé passer à la Malmaison avec un tel compagnon !

– Peut-être que si, a dit le maestro. Il paraît qu'il y a une vraie ménagerie là-bas ! Mais par prudence, cachons-le.

Nous voilà tous trois repartis : le maestro Biancardi, qui tenait la harpe comme si c'était une demoiselle, drapée dans mon châle, Molosse, camouflé dans le tapis qui protégeait la harpe tout à l'heure, et moi, qui grelottais dans ma robe de mousseline largement décolletée.

À la grille de la Malmaison, la lettre d'Érard et la harpe ont fait effet. Le tapis bougeait un peu, mais le garde, heureusement, n'a rien vu !

Le parc m'a semblé immense ! Il a fallu d'abord franchir un fossé, un saut-de-loup, et dépasser une petite colline. Une rivière coule au milieu de pelouses aussi vastes que des prés. De beaux arbres forment des bosquets et presque une forêt. Au détour d'une allée, j'ai découvert un lac. Je n'en croyais pas mes yeux : deux cygnes nageaient sous les saules. Je n'en ai jamais vu de pareils : au lieu d'être blancs, ils sont noirs !

– Ceux-là aussi vont par couple, a remarqué le maestro.

Cherchant déjà des yeux un signe, un cheval ressemblant à Ravinette, la serre où peut-être seraient alignés les pots de Verdier, je n'ai pas tout de suite distingué dans les feuillages des silhouettes. Il y en avait un peu partout. Deux par deux, en effet, et tout en noir.

Le cocher a mis ses chevaux au pas. Alors, Molosse est sorti de son tapis ! Il avait vu comme moi les hommes en noir. C'en était trop pour lui. Il m'a passé sous le nez, a sauté hors du cabriolet et foncé sur le couple le plus proche.

Avant que le maestro Biancardi n'ait réagi, j'étais déjà sur les traces de Molosse, pour le plus grand malheur de mes souliers. Ils se posaient sans doute pour la première fois sur le sable d'une allée et sur l'herbe d'un pré, et leur soie délicate n'allait pas résister longtemps.

Deux petits chiens venaient d'arrêter Molosse. Ils sautillaient si frénétiquement autour de lui que mon gros pataud s'était tout bonnement assis. On aurait dit qu'il assistait à un ballet de Lilliputiens. Les chiens jappaient en cadence de leurs voix aiguës. L'un d'eux s'est jeté sur Molosse comme s'il sautait dans le vide. À demi assommé, il ne cessait pourtant pas de grogner. Le deuxième n'était pas en reste. Il a happé la queue de mon chien et de toute sa force, il a serré les crocs. Molosse, qui les regardait comme des enfants, soudain s'est énervé. Il s'est secoué comme s'il sortait de la rivière. Les deux petits ne lâchaient pas prise ! Ils redoublaient même de férocité. Des sons sourds montaient de leurs gorges minuscules. D'un coup de museau, Molosse a dégagé celui qui s'accrochait à sa queue. Immédiatement, son frère a pris sa place et y est allé de la mâchoire. Molosse a grogné à son tour. Sa colère s'est ajoutée aux criailleries des petits.

Derrière moi s'est élevé un grand rire.

– Hardi, garçon ! Fais-moi une bouchée de ces marmots !

Un homme, en veste militaire et culotte blanche, était sorti d'une tente de coutil rayé. Ses bas étaient plissés, ses cheveux courts en bataille. À y regarder de plus près, sa culotte était froissée et tachée d'encre. Il a arrêté de la main un groupe d'hommes en noir qui se précipitaient.

– Laissons les faire. Je ne serais pas fâché que ces carlins reçoivent une leçon.

Son rire sonore a retenti de nouveau. Molosse, le poil hérissé, tenait à distance ses adversaires, écumants de rage.

– C'est vous, Mademoiselle, qui introduisez le diable dans la bergerie ? a dit l'homme en se tournant vers moi.

Ses yeux vifs m'avaient en un instant détaillée de

la tête aux pieds. Leur éclat bleu marine semblait se poser sur tout à la fois. Sans réfléchir, parce que je voulais défendre Molosse, j'ai répondu :

– Ce diable est doux comme un agneau quand on ne lui manque pas de respect.

Il a souri.

– Bien dit. Ces fripons sont les plus mal élevés de l'arche de Noé qui vit dans ce parc. Reportez-les au salon, a-t-il dit en s'adressant aux hommes en noir, à la cuisine, n'importe où, que je ne les entende plus !

Un autre homme en uniforme a écarté un pan du pavillon de toile. L'œil d'aigle du premier l'a aussitôt remarqué.

– J'arrive, Bacler. Reprenez la carte d'Italie !

En un instant, il ne restait que Molosse et moi dans le pré.

De l'allée, le maestro Biancardi m'a fait de grands signes. J'ai couru vers lui. Le cœur me battait soudain.

– Vous lui avez parlé ? m'a-t-il demandé.

– À qui voulez-vous dire ?

– Au premier qui est sorti de la tente !

– Euh... oui. Eh bien ?

– Eh bien, vous avez réalisé un exploit : vous avez tiré de son occupation favorite, de ses cartes de géographie, le généralissime, citoyen consul, futur empereur, tout à la fois, Napoléon Bonaparte, lui-même.

Le même jour,
un peu avant midi

Je rêve. Je rêve sûrement. J'ai parlé à un empereur et je sais que Bonaventure est vivant ! Encore un jour et je le verrai... Je continue ce récit pourtant, au cas où tout changerait.

Quand le maestro Biancardi a remis la harpe aux jeunes gens si incroyablement coiffés et parfumés, qu'il avait déjà vus dans la maison Érard, le souvenir m'est revenu de mon ami jardinier, Verdier, parlant de Tascher comme du « citoyen aux parfums ». J'ai demandé aux jeunes gens si l'un d'eux le connaissait. Ils se sont exclamés en chœur :

– Tascher ! Ce cher Tascher ! Il doit être dans les serres, au milieu de ses divins rosiers !

L'un d'eux s'est proposé de m'accompagner. J'ai pris mon panier.

J'allais enfin rencontrer Aimé Tascher : était-il possible que ce soit si facile ? En pensée, j'ai remercié

Clara d'avoir eu l'audace d'entrer chez ce coiffeur. En même temps, j'ai senti ma gorge se serrer. Allais-je pouvoir parler ?

Tascher m'a cordialement saluée :

– Ah, l'aimable enfant ! Le paquet que j'avais oublié ! En l'apportant, vous évitez à Constant de se faire tirer l'oreille plus qu'à l'habitude. Il frictionne chaque matin l'Empereur à l'eau de Cologne et Sa Majesté aime qu'il y mette de l'ardeur. Au printemps, il passe à un parfum plus frais. L'eau de cédrat est idéale. On allait en manquer. Merci, Mademoiselle... Mademoiselle ? Je crains de ne pas savoir votre nom. Êtes-vous de la maison de ma cousine ?

J'ai rassemblé tout mon courage et j'ai dit :

– Non, citoyen Tascher, je suis la sœur de Bonaventure et je viens de la part de Verdier le jardinier vous demander de ses nouvelles.

Ma voix n'a pas tremblé, Aimé Tascher n'a pas vu mon trouble.

– Je suis enchanté de voir que Bonaventure a une si charmante sœur. Votre frère, lui, est... plutôt sombre. Figurez-vous, mon enfant, qu'à mon retour de votre campagne, au récit que j'ai fait des exploits de votre frère, ma cousine Yéyette, euh, Rose... enfin, Joséphine, s'est entichée de lui, sans le connaître.

Il a soupiré.

– Mais je vois votre inquiétude. Je vous le dis tout de suite : Bonaventure va bien.

J'ai senti que l'air soulevait ma poitrine. Une joie sourde m'a envahie. Tascher continuait :

– Simplement, sans que ni ma cousine, ni moi ne l'ayons voulu, votre frère est retenu aux Tuileries. Rassurez-vous ! Il sera libre demain, il est attendu ici et puisque vous êtes là, vous le verrez. Je suis sans doute pour quelque chose dans sa mésaventure et votre petite figure m'inspire de la sympathie. Il faudra me pardonner comme à ma cousine... Mais sans doute n'en savez-vous pas assez pour comprendre. Venez sur ce banc, nous serons mieux.

Tascher m'a fait asseoir à quelques pas, sous une tonnelle d'où se dégageait un parfum inconnu et suave.

– C'est un jasmin, m'a-t-il dit comme une confidence. L'Impératrice l'a fait venir de notre île natale, la Martinique. Laissez-moi vous expliquer... Ici, nous sommes dans une oasis. Ce domaine doit tout au goût exquis de ma cousine. C'est son château, ce sont ses gens, ses roses... Elle a choisi, audehors, la disposition des arbres, des bosquets, des prés et des vignes, et, à l'intérieur, les meubles, les lits, les fauteuils, les tentures et jusqu'à la moindre tasse de porcelaine. Aux grilles du domaine s'arrête la vie officielle. La vie intime de Leurs Majestés commence enfin. Bonaparte – c'est ainsi que Joséphine l'appelle, et moi aussi! – s'y sent lui-même comme un invité, même s'il travaille dans son bureau et sa tente militaire transformée en temple pour ses chères cartes de géographie. Ses généraux et conseillers viennent bien de Paris lui faire leurs rapports et prendre ses ordres, mais, dans ce petit paradis, Joséphine retrouve son mari.

Je tournais entre mes doigts le mouchoir de Clara sans oser interrompre Tascher. Où voulait-il en venir?

– Depuis qu'il a décidé de se faire couronner empereur, Joséphine est inquiète. Ce sacre, elle ne le souhaite pas. Cette lourde responsabilité, la dynastie que veut son mari, un fils pour lui succéder, elle craint de ne pouvoir les lui donner. Et si vous connaissiez la famille de Napoléon! Ses frères, ses sœurs, sans cesse, essaient de le détourner d'elle. Ils sont jaloux de son amour pour elle et de son affection pour Eugène et Hortense, les enfants qu'elle a eus de son premier mariage. Tous les Bonaparte veulent des titres, des domaines, des rentes. Ils accusent Joséphine de dépenser sans compter. La mère de Napoléon, madame Laetizia, amasse, elle, la royale pension que lui fait son fils. Elle n'en dépense pas un sou. Elle rogne à ce point sur sa maison que chez elle, on se couche avec les poules : pas de flambeaux, ni de bougies ni même de méchantes chandelles ! Pas de livrées, surtout pas d'étrennes pour ses gens. Il a fallu que son fils lui explique qu'il est du devoir de « Madame Mère » (c'est son titre officiel) de donner des fêtes, de recevoir avec éclat pour la renommée de la cour, pour la gloire de la France.

– Mais, citoyen, ai-je dit timidement, en quoi Bonaventure...

– Loin de ces soucis, de ces préoccupations lancinantes, Joséphine rêve d'offrir ici à son mari des heures de calme, des heures d'amour.

– Mais pourquoi mon frère...

– Je vous révélerai un quasi-secret d'État si j'étais sûr que vous ne le répéteriez pas... Mais à vous, je le dois, ce détail dont on ne parle guère... Sachez que l'Empereur est un cavalier courageux, et quand il est en selle, toujours au galop. Mais il monte... Il monte...

Aimé Tascher n'a pas achevé. Il a levé les yeux au ciel et a repris :

– Enfin, il n'est pas un cavalier parfait. Il tomberait plus souvent si ses chevaux n'étaient pas si bien dressés. Il y en a toujours cinq ou six qu'on tient prêts pour lui. Ils ne bronchent pas, ni au son du canon ni à la mitraille. Ils n'ont pas peur du roulement des tambours, ni des gestes brusques, ni des ombres. Ils sont même habitués aux chamarrures des nouveaux uniformes de l'armée qui lancent des éclats au soleil. Ils ont appris à endurer tout ce qui rend nerveux un cheval ordinaire.

Joséphine souhaitait demander à votre frère de dresser un cheval d'une manière bien particulière pour l'offrir à son mari. Elle voulait un cheval spécialement doux et silencieux pour leurs promenades à deux, leurs conversations sans témoins, leur romance sous les frondaisons de la Malmaison, loin des ambitions...

Elle a fait appel à un homme dévoué à ses intérêts, connu pour son efficacité, un ancien ministre qui va le redevenir sous l'Empire : Fouché, un vieil ami qui a souvent réglé pour elle plus d'un problème.

Biancardi avait donc raison !

– Je crois que les méthodes de cet homme de l'ombre ont indisposé votre frère, a continué Tascher. Fouché a retrouvé d'anciennes manières fortes, bien dans son caractère et agi sans prévenir ma cousine. Il pensait convaincre Bonaventure avec une pension, un grade, une fonction de maître équestre auprès de la future Impératrice. Votre frère a refusé. Mais Fouché avait donné l'ordre à ses hommes de l'amener de gré ou de force. On m'a expliqué aux Tuileries, où il est logé, que Bonaventure n'avait pas desserré les dents de tout le voyage.

Dès qu'elle a su ce qui s'était effectivement passé, Joséphine a exigé qu'il soit immédiatement libéré, reconduit chez vous dans l'une de ses voitures personnelles et dédommagé du double de ce qu'il estimerait. Bonaventure a simplement demandé à venir la voir. Il sera là demain. Auparavant, je vais vous introduire auprès de ma cousine. Puis nous irons arranger votre séjour ici avec Constant.

Même jour, vers 5 h

*A*ujourd'hui, je sais que je ne tiens plus ce journal pour informer ma cousine Fiordilice des étapes de mon enquête. Je l'écris pour essayer de comprendre ce qui m'arrive.

Bonaventure va venir. Mais comment vais-je le retrouver ? Il est sombre, a dit Aimé Tascher. Et s'il était furieux de me voir ? Furieux de savoir que j'ai quitté la maison, laissé les chevaux, les chiens, le jardin... Furieux que j'aie osé parler à tant de gens, pris tant de risques... Il va me voir dans cette petite robe légère, à la mode. Il va sentir que... oui, cela me plaît ! Et s'il allait cesser de m'aimer ?

Ce matin, Aimé Tascher est entré hardiment dans le petit salon où madame Bonaparte venait de recevoir les visiteurs qui avaient demandé audience ce matin-là. Il me tenait par la main comme une petite fille. Cela s'est passé si vite que je n'ai pas eu le temps vraiment d'être impressionnée avant d'arriver devant... Sa Majesté !

Tascher s'est adressé à sa cousine. Elle a tourné la tête. Ses yeux bleu foncé se sont arrêtés sur moi. C'était la deuxième fois de la journée que je me trouvais sous un regard pénétrant. Le premier avait la vivacité du feu, le second m'a enveloppée comme de la soie.

J'étais clouée sur place. Le seul mouvement qui m'animait était la chaleur qui me montait aux joues. Je devais m'empourprer à vue d'œil ! Le petit mouchoir de Clara, définitivement déchiqueté, est tombé à mes pieds. Machinalement, j'ai baissé les yeux et ce geste m'a inspiré une sorte de révérence. Aussitôt a surgi un souvenir confus et doux, venu de très, très loin. Depuis quand n'avais-je pas fait de révérence ?

À ce moment, madame Bonaparte a souri. Sa bouche, qui est petite, s'est étirée juste un peu et tout son visage a rayonné. Est-ce de la magie ? Je jure qu'une force, un charme m'ont touchée et forcée de sourire à mon tour. Je me suis sentie, soudain, devant elle, confiante et calme.

– Mon cousin, vous m'amenez une jolie visiteuse ?

A-t-elle dit cela exactement ? Je ne sais plus. Je n'ai pas entendu non plus ce qu'Aimé Tascher lui a répondu, car je goûtais (je ne sais pas dire mieux), je dégustais le son de sa voix. Un parfum doit faire le même effet, ou peut-être le baiser dont parlait Clara : un vertige qui réjouit et qu'on sent léger, léger, si près de disparaître... Ah, comment le garder, ce frisson délicieux...

Elle a parlé de nouveau, et je n'ai rien compris, j'écoutais la musique. Cette fois-ci, elle a ri :

– Parlez, mon enfant. Cherchez-vous des nouvelles de vos parents ?

Au nom de Bonaventure, elle m'a pris la main et m'a fait asseoir près d'elle. Elle avait allongé le bras avec l'élégance d'un mouvement de danse. Son bracelet de perles a glissé sur son poignet. Elle a prononcé ces mots inouïs :

– Je me sens bien coupable envers vous.

Elle m'a redit les faits, sauf le détail secret, la tenue de Napoléon à cheval. Même en parlant, elle souriait.

– Attendez votre frère ici jusqu'à demain. Je vous ferai reconduire dans ma propre voiture et lui donnerai ce qu'il voudra bien accepter de moi. Mais comment vivez-vous ainsi en pleine campagne sans vos parents ?

Tascher m'a fait signe de la tête que je pouvais tout dire. Il savait sans doute l'histoire de ma famille par Verdier.

– Madame, votre bonté... Je dois, avant tout, vous donner de la part de Verdier, notre ami jardinier, ces graines de giroflées.

Elle a pris le petit sac entre ses doigts.

– Vous ne pouvez pas me faire plus de plaisir.

À nouveau, son sourire... J'ai repris confiance.

– De mes parents, j'ai peu de souvenirs... Ma mère est née en Corse. Son père la maria à un jeune officier, fils cadet d'une famille noble, mais pauvre, en garnison dans l'île. Je crois que c'était un mariage d'amour et mon père, avec sa femme, revint s'installer sur le domaine de ses parents, sur le continent.

Il partageait les idées nouvelles de la Révolution. Il fut même envoyé à Paris pour représenter notre province. Le vote de la mort du roi l'ébranla. Il regagna notre maison, triste, paraît-il, des violences qu'il avait vues. Puis la Terreur est arrivée jusque dans notre campagne. Nos cousins furent emmenés, leur demeure, pillée. Avant que cela ne soit notre sort à nous aussi, mon père a fait apprendre par cœur à Bonaventure une liste de noms, ceux d'amis sûrs. Puis il nous a juchés, lui et moi, sur sa meilleure jument. Bonaventure avait douze ans, moi, seulement quatre. Nous devions rejoindre le premier ami de la liste, et attendre là que nos parents viennent nous rejoindre. C'est Bonaventure qui m'a raconté tout cela. Je ne me souviens que du départ dans la nuit, de la lune et du chant des grenouilles pareil à des clochettes... J'étais petite !

Nous avons trouvé porte close à la première adresse. Personne non plus à la deuxième. Bonaventure était déjà bon cavalier. Il savait que notre cheval devait se reposer. Nous nous cachions le jour. Nous mangions des racines, des fraises des bois.

Le troisième ami ne pouvait pas nous garder, mais il nous a donné des provisions, un autre cheval, une nouvelle adresse... Notre recherche a duré des mois, de nuit en nuit, de toit en toit. Nulle part, le refuge n'était assez sûr. Nous étions des enfants perdus, quand, enfin, un vieil homme, un ancien prêtre, nous accueillit, sans rien nous demander. Il soignait tous les gens et tous les animaux de la contrée avec des plantes. C'est avec lui que Bonaventure a commencé à s'occuper des chevaux, et moi des fleurs. Il m'a appris à lire, m'a encouragée à dessiner et puis il est mort, très vieux, très respecté. Bonaventure ne voulait pas parler du passé, mais il m'avait promis de me raconter tout ce qu'il savait le jour de mes quinze ans, dans six mois...

– Pauvre enfant, sans père ni mère... Mes enfants aussi ont été privés de leurs parents. Hortense avait neuf ans... J'avais peur qu'elle m'ait oubliée quand je suis revenue de cette sinistre prison... Mais nous nous sommes heureusement retrouvées, et c'est la plus tendre des filles. La voilà, justement... Nous avons à répéter pour le spectacle de ce soir. Venez-y! Nous reparlerons demain avec Bonaventure. Si vos parents sont vivants, nous les retrouverons. Bonaparte souhaite que les familles reviennent. Je m'occuperai de cela...

Même le geste qu'elle fit pour que je m'éloigne était plein de grâce. Elle a souri à l'une de ses dames de compagnie et a mis ma main dans celle de cette dame, avec mille recommandations pour qu'on me traite comme sa propre fille et qu'on m'installe à côté de ses appartements.

On m'a amenée près de Constant, le valet de chambre de Bonaparte, qui rangeait justement les flacons d'eau de cédrat. Il n'a pas hésité longtemps. Il a fait installer un lit de sangle, un lit de camp.

– Sa Majesté y a dormi, a-t-il dit gravement, et pas n'importe où! Près des Pyramides, en Égypte! Demain madame Campan et les nouvelles dames d'honneur arrivent. On ne peut pas se servir des chambres qu'elles occuperont. Nous allons vous installer, Léonetta, dans le petit cabinet, près de la chambre d'atours. Votre chien restera avec le cuisinier avec qui je viens de voir qu'il a fait amitié et vous pouvez dès maintenant rejoindre le maestro Biancardi qui a fini d'accorder la harpe de Sa Majesté.

8 prairial (28 mai).
dans la nuit

*L*a soirée était si douce que le souper a lieu dans le parc. Blanche, l'une des femmes de chambre de l'Impératrice, m'a habillée sur son ordre d'une robe vert pâle, et coiffée en bouclettes. Je porte même des boucles d'oreilles, avec une peur bleue de les perdre. Toute la soirée, j'ai suivi comme son ombre le maestro Biancardi.

Les invités sont arrivés. Les jeunes gens musiciens ont accueilli avec des rires des dames ravissantes. J'ai entendu un groupe qui parlait de sciences, d'astronomie. Des aides de camp saluaient des militaires galonnés d'argent. Eugène était-il parmi eux ?

On avait disposé des chandeliers sur les tables, près des carafes en cristal et du service en porcelaine filetée d'or. Au centre, des roses épanouies étaient posées sur des miroirs. Les bijoux des femmes scintillaient à chaque mouvement. Leurs parfums s'emmêlaient. J'étais tellement subjuguée que j'ai laissé emporter mon assiette sans y avoir touché.

– Je bois à votre santé ce petit chambertin ! m'a

dit le maestro. Vous n'avez même pas goûté cet excellent vol-au-vent ? Allons, mangez de ce plat-là : il n'y en aura pas des mille et des cents... C'est une soirée intime et avec l'Empereur, le souper ne dure jamais longtemps. On nous sert ce soir l'un de ses plats préférés, faites-lui honneur : de la fricassée de poulet, dite « poulet Marengo ». Il y a dans la sauce, en plus des tomates, des champignons exquis et ce fumet de truffe... Vous prendrez au moins les glaces du dessert, dans leurs jolies tasses. Joséphine les aime à la folie...

Je n'ai pas pu retenir un petit cri de surprise en sentant contre mes dents cette crème froide et fondante, et dans ma bouche son parfum d'amande, l'orgeat.

– La recette vient de chez moi, d'Italie, m'a chuchoté le maestro. Dommage qu'il n'y ait pas de champagne, mais nous devons vite passer au spectacle maintenant. Il faut que toute la compagnie ait quitté la Malmaison avant minuit. On va donner un acte du *Barbier de Séville*, avec les chansons. C'est un succès d'Hortense, qui joue à la perfection l'héroïne, Rosine, et Eugène est très drôle dans le rôle de Dom Basile.

J'ai découvert dans le parc un véritable théâtre démontable qu'on a installé pour l'occasion.

Tascher est venu s'asseoir à côté de moi. Il m'a apporté une petite pèlerine.

– L'impératrice Joséphine vous recommande de ne pas prendre froid.

Je l'ai cherchée des yeux. Comment la remercier ? Je n'aurai jamais osé traverser le tourbillon de gens qui s'empressait auprès d'elle. Comme si de rien n'était, elle arrangeait une dentelle sur le front d'une très jeune femme aux cheveux blond cendré. Sous sa jolie robe blanche, à la ceinture haut placée, on voyait nettement qu'elle était enceinte.

– Cela n'a jamais empêché de chanter, m'a soufflé Tascher qui avait suivi mon regard. Vous ne trouvez pas qu'Hortense ressemble à sa mère ?

– Joséphine va être grand-mère ?

– Mais elle l'est ! Hortense a déjà un fils, Napoléon-Charles, que sa grand-mère appelle « Petit Chou » et qui fait nos délices. Ce petit-fils de Joséphine est aussi le neveu de l'empereur, car son père est Louis Bonaparte, le jeune frère de Napoléon.

Ah... Je crois qu'il va falloir que je dessine dans mon carnet un arbre généalogique pour m'y retrouver, entre les Tascher, les Bonaparte et les Beauharnais... Ma famille à moi se compose juste d'un frère et d'une sœur, et l'idée que Bonaventure serait là demain m'a fait soudain chaud au cœur. J'en ai oublié de remarquer comment le spectacle avait commencé. C'est le rire de l'Empereur, que j'ai reconnu, qui m'a ramenée sur terre. Et Eugène ?

– Il est grimé, m'a indiqué Tascher, il adore se déguiser, comme nous tous. C'est la plus belle voix de la troupe !

Il est plus grand qu'Hortense, et vif et vigoureux, si j'en juge à sa façon de courir sur scène. Il a un sourire éclatant et, c'est vrai, il chante très bien. Je voyais le maestro Biancardi, en connaisseur, approuver tous ses airs. Il plaît à Clara, il plaît à son père...

Tout cela a fini comme un rêve. Napoléon a applaudi, debout, vigoureusement, puis il a pris Joséphine par le bras et ils ont disparu. Aussitôt, les spectateurs se sont dispersés, qui vers le château, qui vers l'allée où les cochers avaient avancé les voitures des invités. Tascher et moi, nous avons raccompagné le maestro Biancardi à celle de son ami Érard. Les grillons remplaçaient les chanteurs de tout à l'heure, et la lune, les candélabres du souper.

De la portière de sa voiture, Biancardi donnait encore toutes sortes de conseils à Tascher, à moins que ce ne soit le contraire : Tascher expliquait au maestro la recette du poulet Marengo... Je n'écoutais pas bien : vaguement inquiète, je cherchais s'il ne restait pas par ici, embusqués, les hommes en noir que nous avions vus en arrivant ce matin. Et soudain, je l'ai aperçu : appuyé à une statue de Cérès, déesse des Moissons, couronnée de blés, se tenait Eugène, le beau capitaine, celui que Clara aimait. Il penchait la tête vers une inconnue que je ne voyais que de dos, mais qui, je le sentais, n'était pas de marbre comme la statue. En un éclair, je me remémorais la leçon de baiser de Clara : « il se penche vers toi... » Mais là, Eugène en embrassait une autre que Clara !

Tascher a cru que si je frissonnais, c'était de fatigue.

– Rentrons, Léonetta. Blanche vous attend dans votre chambrette.

Je me suis laissé déshabiller (à vrai dire, je n'avais pas grand-chose sur le dos), coiffer, mettre une camisole de nuit et même un petit bonnet absolument comme un enfant. Blanche m'a montré une vasque, une aiguière. Elle a posé sur une tablette un peu d'eau chaude parfumée à la fleur d'oranger. Elle m'a expliqué où la trouver, en cas de besoin. Elle a laissé un lumignon que je peux rallumer dans le couloir s'il s'éteint. Sur une chaise, soigneusement pliés, ma robe et mon châle de ce matin. Avant de m'allonger sur le lit de camp, j'ai ouvert mon carnet. Je ne pensais plus que cela : « Clara, je te vengerai ! »

Même jour, à l'aube

*T*ant pis, je ne résiste pas, je reprends mon journal, au lieu de me reposer un peu. Mais comment dormir ? Dans la nuit, les petits cris d'une chouette m'ont réveillée. J'ai mis un peu de temps à me souvenir que je n'étais pas à la maison. Je suis allée à la fenêtre. Le parc était bleuté sous la lune. De mon étage, on voyait jusqu'aux vignes. Un vent léger agitait les grands saules.

Devant la porte d'entrée, et aux angles du château, des soldats veillaient par groupes de trois. Je voyais monter et s'étirer la fumée de leur tabac. Cérès était toute seule, maintenant, dans son allée.

Où Blanche m'avait-t-elle dit qu'il y avait un vase de nuit (qu'elle a appelé « un cabinet de garde-robe »)? J'étais pieds nus sur les carreaux frais de ma petite chambre. J'en suis sortie. N'avait-elle pas parlé d'une alcôve près d'un escalier? Ou plutôt, en bas de l'escalier? Je suis descendue. Des lampes brûlaient faiblement dans des pièces lambrissées. Sur une cheminée, mieux éclairée, une pendule sous globe agitait son balancier. Trois heures!

Tout à coup, je me suis retrouvée nez à nez avec moi-même: mon double? Mon fantôme? Ouf, c'était seulement mon reflet: je n'avais pas remarqué une grande glace, un peu inclinée dans son cadre de bois, une psyché. J'allais me perdre, c'était sûr, dans cette enfilade de pièces pleines de meubles que la pénombre transformait en masses sombres!

Qui m'a trouvée alors? Tout fou mais sans bruit? Molosse! Il venait sans doute des cuisines où on lui a offert le gîte et le couvert. Est-ce qu'il m'a sentie en train d'errer? J'étais bien en peine de le ramener chez lui. Je n'avais qu'une solution: le prendre avec moi. J'ai rebroussé chemin. Il était sans cesse dans mes jambes. Oui, Molosse, moi aussi, j'étais bien contente de te retrouver!

À l'étage, j'ai hésité: quelle était la bonne porte? Celle-ci? Molosse l'a poussée du museau: elle s'est ouverte à deux battants.

Nous n'étions pas dans une chambre. Il n'y avait pas de lit, mais des chiffonniers aux multiples tiroirs. La lumière de la lune faisait briller leurs poignées dorées. L'un d'eux était entrouvert. La curiosité l'a emporté, j'ai regardé à l'intérieur : des gants ! non pas une paire, mais dix, quinze, vingt... En cuir très fin. En coton. En soie. En dentelle. Brodés. Pailletés. À boutons. Longs jusqu'au coude ou gansés, gaufrés, plissés au poignet. Dans tous les tons de blanc : pur, cassé, ivoire, coquille, nacré, crème, tourterelle... Et tout neufs ! Une odeur de violette flottait dans l'air. Si je regardais encore... Juste un tiroir... ou deux ! Celui-ci contenait des rubans, des ceintures d'étoffes de toutes sortes : simples, doubles, tressées, torsadées. Mais il y en avait des quantités ! Dans celui-là, des éventails, posés déployés, comme des papillons. Décorés de fleurs et de fruits peints délicatement, ou de paysages où se promène un voyageur, devant les Pyramides ou le Vésuve fumant.

J'ai repoussé les tiroirs, je n'aurais pas eu assez du reste de la nuit pour admirer leurs trésors.

Sur une chaise, un panier, oublié peut-être : des châles y étaient mélangés. Mais j'ai reconnu le rouge orangé que portait l'Impératrice ce soir. J'étais donc dans sa garde-robe, sa chambre d'atours. Un mur entier est constitué de portes fermées : on doit suspendre là derrière ses merveilleuses robes, ses manteaux, ses chemises fines. Quelle indiscrète j'étais !

Il fallait que je retrouve ma chambre. Dans ma précipitation, j'ai trébuché sur une colonne formée par une pile de cartons ronds, qui servaient de socle à des boîtes. La plus haut perchée a perdu l'équilibre. Elle a glissé en s'ouvrant... Je l'ai rattrapée au vol, tant bien que mal, mais je n'ai pas pu empêcher son contenu de s'échapper. Des plumes ! Des centaines de plumes blanches, plumes de héron, si légères qu'elles volaient un instant avant de tomber. Et voilà que Molosse a reconnu un gibier ! Il n'a pas aboyé, non, heureusement, mais il s'est mis à sauter, joyeusement, allant d'une plume à l'autre. Il les faisait rebondir sous les rayons de lune. Impossible de l'arrêter. Les autres boîtes, à leur tour, se sont effondrées. Et dessous, ces cartons, malheur à moi s'ils avaient contenu du cuir ou des fourrures ! Molosse se serait cru en face des renards de chez nous, ou même des loups.

J'ai été sauvée par Constant. Tous dormaient dans le château, sauf lui, moi... et l'Empereur ! Comme souvent, il avait fait réveiller son valet de chambre pour prendre un bain au milieu de la nuit.

Constant se tenait dans l'embrasure de la chambre d'atours, habillé comme en plein jour, portant une pile de linges propres et, sur le bras, une robe de chambre en piqué blanc.

– Mademoiselle Léonetta, un instant, je vais vous reconduire... N'ayez crainte, vous n'êtes pas la première à vous tromper de chambre... Oh, je vois que la dame d'atour de Sa Majesté n'a pas eu le temps, hier, de plier ces châles... Pour ce qui est des plumes...

J'étais médusée. Derrière lui venait d'apparaître un personnage fantastique : un homme, coiffé d'un turban rouge, poitrine nue, pantalon bouffant, babouches aux pieds. Il s'était arrêté à quelques pas et avait croisé les bras sans mot dire. J'ai remarqué, plus morte que vive, qu'il portait, glissés dans sa ceinture, des poignards.

Constant, lui, n'avait pas l'air plus ému que cela. Il a dit calmement :

– Si Roustan monte jusqu'ici, c'est que Sa Majesté l'Empereur s'impatiente dans son bain. J'y vais immédiatement. Roustan, aide mademoiselle à replacer ces boîtes. Je reviendrai voir si tout va bien.

Cela m'est arrivé à moi, Léonetta. Dans le château de Malmaison, au clair de lune, j'ai compté pas moins de mille plumes, destinées aux parures de

Joséphine. Je les ai rangées, une à une. Roustan le mamelouk, un genou en terre, me présentait leurs écrins. Dans un coin, assagi, Molosse en était le témoin.

Cette nuit risque d'être blanche, car l'alouette annonce le jour naissant, et c'est le jour béni où je vais revoir mon frère. Cette seule pensée, de joie, me tient éveillée.

⌘

*Même jour,
fin de matinée*

Maintenant, ce journal, je l'écris comme de longues lettres. Adressées à toi, ma chère cousine Fiordilice. Ou à moi, pour ne rien oublier de cette incroyable histoire. « Incroyable », c'est bien le mot mis à la mode à Paris par les jeunes gens ?

Après cette nuit agitée, je ne savais pas, ce matin, comment m'habiller. La robe de Clara ou celle du souper ? Ou peut-être une nouvelle, plus discrète ?

J'aurais préféré, pour que Bonaventure ne croie pas que j'avais tout oublié de notre vie rustique. Mais en même temps, je devais paraître devant l'Impératrice. Quel était l'usage, ici, dans ces circonstances?

J'ai attendu Blanche patiemment. Il était peut-être dix heures, au soleil. M'avait-t-elle oubliée?

Constant était reparti, cette nuit, avec Molosse. Il m'avait expliqué que Roustan le mamelouk est un personnage familier dans l'entourage de l'Empereur: en tous lieux, il bivouaque chaque nuit devant la porte de sa chambre. Si l'Empereur change de chambre, Roustan change de porte. Sous une tente, dans une auberge, c'est partout pareil. Depuis la campagne d'Égypte, Napoléon n'a pas de serviteur plus dévoué, prompt à barrer le chemin à qui veut s'approcher sans permission.

Heureusement que je suis tombée sur la psyché, hier dans la nuit, et pas sur lui! J'en ai la chair de poule...

Ma fenêtre était grande ouverte. Des cris joyeux venaient du parc. J'ai jeté un coup d'œil, bien décidée à ne pas insister si ce que je voyais ne me regardait pas... C'était Hortense qui riait de tout son cœur. Elle était assise sur un banc, à l'ombre d'un acacia en fleurs. Elle encourageait deux groupes, l'un de jeunes gens, l'autre de jeunes femmes, qui couraient sur la pelouse en se poursuivant. L'une des demoiselles a rattrapé un garçon dans des éclats de rire.

– Tu es mon prisonnier !

Le prisonnier est resté derrière les filles. Il a fait de grands signes aux autres garçons. J'ai compris qu'il fallait qu'ils viennent à son secours sans se faire toucher par les filles.

Parmi les jeunes gens, il y en avait un plus âgé mais tout aussi agile. Je n'en ai d'abord pas cru mes yeux, mais c'était bien l'Empereur en personne ! Il n'avait pas sa veste militaire, il était en chemise et gilet. Il a poussé devant lui deux garçons comme un bouclier, en criant « chaud, chaud, chaud ! ». Il a bousculé la troupe et il est arrivé sans se faire attraper à côté du prisonnier.

Hortense n'en pouvait plus de rire.

– Papa, Papa, tu triches !

L'Empereur est reparti au pas de course dans son camp en prenant au passage deux jeunes femmes par le bras.

– Deux d'un coup, mes enfants !

– Tu n'as pas le droit, Papa, tu n'as pas crié « barre ! », a crié Hortense.

Les filles essayaient de lui échapper. Il en a saisi

une par la taille, l'autre par les épaules et a réussi à les entraîner.

– Tu ne me battras pas à ce jeu, Hortense, c'est moi qui t'ai appris à y jouer !

Il défendait l'accès à ses prisonnières. Il n'hésitait pas à leur donner des tapes pour les retenir derrière lui. Il courait de tous côtés. Il était le plus actif, le plus batailleur des joueurs.

Sans prévenir, les carlins de Joséphine, sans doute sortis de sous le banc d'Hortense, se sont précipités.

– Ah non, pas ceux-là, s'est exclamé l'Empereur, depuis toujours, ils m'en veulent ! C'est toi la tricheuse, Hortense, tu les as lâchés contre moi !

Les rires ont fusé. Tascher a bien raison : on s'amuse, on s'aime à la Malmaison.

Blanche est arrivée.

– Pardonnez-moi, Mademoiselle Léonetta. Je pensais que vous dormiez après ce que Constant m'a raconté. Comme il n'y avait pas assez de femmes de chambre pour préparer la venue de madame Campan, j'ai dû les aider. Vous devez mourir de faim. Venez vite déjeuner à la cuisine. Voici votre tenue.

Elle a déplié une chemise et une robe de coton blanc très fin à multiples fleurettes jaune pâle, plissée dans le dos pour donner un petit effet de traîne (je le sais, parce que depuis, je me suis vue dans la psyché !)

— Il y a aussi un caraco que vous mettrez pour voir Sa Majesté, cette après-midi. Mais pour déjeuner, descendez comme cela. Je retourne au salon car j'entends l'équipage de madame Campan qui arrive...

— Blanche, comment va-t-on à la cuisine ?

— Le petit escalier dérobé !

On m'a gâtée pour ce déjeuner. Vu l'heure tardive, je pouvais le prendre à la fourchette, avec des petits pâtés, une aile de poulet, un gâteau nommé « baba », une orange, de la limonade. Je n'avais pas si faim.

— Pour une fois que j'ai dans ma cuisine une invitée de l'Impératrice, elle ne mange rien ! a dit le cuisinier.

Il m'a proposé encore du thé et une sorte de brioche.

— Faite à la Malmaison, pas par moi mais par la femme du concierge, d'origine anglaise : ses « mouphines » font les délices des enfants... et des dames ! On en fera tant que l'Empereur n'en prendra pas ombrage... Goûtez au moins le pain. L'Empereur n'est pas difficile pour ses menus (les plus simples lui conviennent, il mange en dix minutes !), mais pour ce qui est du pain, il exige le meilleur ! Voyez donc le dîner que je prépare pour l'Impératrice et ses amies : asperges de Vendôme, veau aux épinards et petits pois du potager, fromage de Brie dans son pot, onctueux à souhait, poires à la cannelle et à l'eau-de-vie, praliné au café... C'est beaucoup trop pour lui ! Il ne mangera qu'une côtelette, un peu de haricots, tout seul, de son côté, et à quelle heure ? On ne sait jamais. Comment faire de la gastronomie, ici ?

J'ai laissé le cuisinier mélancolique avec Molosse qui, lui, fait honneur aux plats qui lui sont présentés. Même les carlins qui continuaient à japper dehors ne l'intéressaient pas. Il était béat près du fourneau.

Je voulais rejoindre Tascher dans les serres. J'avais à peine vu ses fleurs. Mais, en passant, par l'extérieur, devant la porte-fenêtre du salon de la psyché, je me suis arrêtée. J'ai compris pourquoi Blanche n'avait pas été de trop pour aider. Les meubles que j'avais essayé d'éviter cette nuit avaient été poussés contre les murs. Même le piano-forte dont le maestro Biancardi a joué, hier, pour me distraire.

Sur le grand tapis ainsi dégagé, on avait posé deux fauteuils aux accoudoirs en forme de cygne et des tabourets dont les pieds se terminent en pattes de lionne. Des domestiques en livrée les installaient, les changeaient de place selon les indications d'une grosse dame que Joséphine et Hortense écoutaient avec attention. Mais, ma parole, c'était ma vieille connaissance de la diligence ! J'ai entendu qu'on l'appelait « madame Campan ». C'était donc elle cette personne si importante qu'on attendait avec tant de cérémonie ? Elle était plus élégante, mieux coiffée que sur les routes cabossées, mais elle parlait avec la même autorité. Il n'aurait pas fallu que le chafouin soit avec elle ! Non, il n'y avait que des dames. Quatre d'entre elles étaient habillées de la même robe rouge, comme un uniforme.

— Vous, les dames d'annonce, a dit madame Campan en s'adressant à elles, vous restez près de la porte ! Les fauteuils sont pour Leurs Majestés l'Empereur et l'Impératrice. La dame d'honneur et la dame d'atour occupent ces tabourets. Les huit dames du palais sont debout derrière elles. S'il vient une princesse ou la femme d'un grand dignitaire, elles prennent place sur des chaises. Les chaises, où sont-elles ?

Les domestiques se sont empressés, des chaises sont apparues. J'ai admiré leurs dossiers ornés d'une lyre.

– Je joue le rôle de la princesse, a annoncé Hortense en s'asseyant visiblement avec plaisir.

– Mais, Votre Altesse, vous êtes une princesse ! a répondu madame Campan très sérieusement.

Joséphine s'est rapprochée de la cheminée où brûlait un feu, malgré le beau temps. Elle s'est regardée un instant dans la grande glace. Je voyais son profil, ses cheveux châtain clair poudrés d'or, retenus par un peigne orné de pierreries, son long cou, ses bras ronds, sa taille fine. Dans son reflet, j'ai aperçu son regard, grave. Elle était pâle, un peu lasse peut-être, mais très droite. Elle portait l'une des ceintures que j'avais touchée hier, maintenant agrafée d'une barrette de diamants. Malgré moi, je me suis sentie rougir.

Elle a désigné un trépied garni d'une jardinière. On y avait mélangé avec art des violettes et des myosotis. Sa voix mélodieuse m'a frappée de nouveau :

– Quelqu'un peut-il éloigner ces fleurs du feu ? Elles en souffriraient autrement...

Derrière ma porte-fenêtre, je me suis rejetée de côté, de peur d'être vue du grand gaillard qui a saisi le trépied. Mais des exclamations joyeuses m'ont fait risquer un nouveau coup d'œil :

– Tout le monde oublie cet enfant !

Le grand rire de l'Empereur contredisait l'air sévère qu'il avait pris en apparaissant. Dans ses bras, un petit garçon riait aux éclats. L'enfant embrassait la joue de l'Empereur qui lui rendait ses baisers avec fougue. Madame Campan est restée interloquée.

– Votre Majesté, pour venir, vous devez faire prévenir par vos gens : le portier de l'antichambre frappera le sol de sa hallebarde, les laquais dérouleront le tapis rouge et les dames d'annonce ouvriront la porte à deux battants...

– Madame Campan, vos conseils seront respectés à la lettre... plus tard ! Pas aujourd'hui, il fait trop beau. Votre leçon d'étiquette est terminée. Ces chiens nous laissent-ils le champ libre ? Allons dans le parc voir vos gazelles, mon amie, a-t-il dit en s'adressant à Joséphine. Petit Napoléon, qu'en penses-tu ? Nous leur donnerons mon tabac à manger !

Napoléon pinçait les joues et chatouillait l'enfant. Puis, il l'a posé à terre.

– Va voir ta maman Hortense, allez, va...

Le petit garçon a couru grimper sur les genoux de la princesse.

L'Empereur se tenait près de l'Impératrice et lui donnait de petites bourrades sur les épaules.

– Finis donc, Bonaparte, finis donc, répétait-elle doucement.

– Laisse ces dames dîner ensemble, ma Joséphine. Viens plutôt me tenir compagnie.

Elle l'a regardé. Elle lui a répondu par un sourire.

*Le même jour,
le soir.*

𝒥e n'ai dîné ni avec les uns ni avec les autres, mais j'ai quand même fait plaisir au cuisinier. J'ai entendu une troupe arriver par l'allée qui mène aux écuries. Du plus loin, j'ai reconnu, encadré par d'autres cavaliers tout chamarrés, Bonaventure monté sur Ravinette, lancée au galop. J'ai couru vers lui. Il a changé de direction, quitté l'allée, mis au trot puis au pas notre jument. Il a sauté à terre et, dans le même mouvement, m'a prise dans ses bras.

– Ma petite sœur... On m'avait bien dit que je te trouverais ici...

Tous mes tourments oubliés en un instant. Mon frère, mon frère chéri, je viens de passer les jours les plus difficiles de ma vie...

– On ne le dirait pas, a-t-il plaisanté en me tenant toujours embrassée. Te voilà habillée comme une princesse...

S'il m'avait vue hier soir, avec mes boucles d'oreilles sorties sans doute des écrins d'Hortense ou de Joséphine...

Tascher est arrivé comme par magie. Il semble que les nouvelles aillent vite au château. Il nous a proposé de passer dans un petit salon particulier, en tête à tête, où l'on nous avait préparé un repas.

– Sa Majesté l'Impératrice vous recevra ensuite. Elle comptait dîner avec vous, mais...

Je savais. L'imprévu fait le charme de Malmaison. Et la volonté de l'Empereur passe avant tout. Mais c'était bien mieux ainsi.

Malgré les milliers de choses à nous dire, nous avons dégusté les plats de notre ami cuisinier. Je dis notre, parce que Molosse, lui aussi, avait retrouvé Bonaventure. Il ne le quittait plus. Il avait posé son museau sur ses genoux. Il remuait la queue, lentement, sans s'arrêter.

Je voulais que Bo me raconte tout, dans les moindres détails, mais il a insisté pour que je commence.

Allais-je tout dire ? Le début n'était pas trop difficile à expliquer, mais qu'allait-il penser de cette folie de montgolfière ?

Eh bien, il a été très intéressé !

– Notre père m'avait raconté qu'à la première fête de la Nation, le 14 juillet 1790, il avait vu ces machines...

Pourquoi ne m'a-t-il jamais confié les histoires de notre famille ? J'ai dû découvrir le monde d'un seul coup... Enhardie, j'ai continué... J'ai même décrit les audaces de Clara (mais rien sur Eugène !), la grâce de Joséphine, la bonne humeur de l'Empereur.

Bo m'a laissé parler. Il gardait un silence que je connais trop bien. Qu'avais-je dit de mal ? Qu'avait-il à me reprocher ? Même Molosse était inquiet : ses oreilles se sont dressées, sa queue est restée immobile.

– Ma petite Léonetta, je comprends que tu sois sous le charme de ce château de contes de fées... Mais ton Bonaparte n'est pas que le tendre époux, le jeune grand-père que tu crois.

« Mon » Bonaparte ! J'allais me lever pour protester.

– Ne te fâche pas ! Tu ne peux pas savoir...

– Je sais que l'ordre de t'enlever ne vient pas de lui !

– Certes non, mais il vient de Fouché, un homme dont il va faire son ministre de la Police. Napoléon veut être un maître absolu. Dans notre Déclaration des droits de l'homme, il y a un article sur la liberté de penser. Mais lui n'hésite pas à penser pour les autres. Et pour cela, il a décidé de nous empêcher de pouvoir réfléchir. Il a rétabli la censure : la presse n'a qu'une liberté très surveillée. De ses armées, le général Bonaparte savait déjà envoyer aux journaux des communiqués qui le disaient toujours vainqueur. Et pour ce qui est de la liberté tout court, ton grand homme a rétabli l'esclavage. Tu sais ce que c'est, Léonetta, d'être esclave ? N'avoir aucun droit. Être compté dans la fortune de ses maîtres comme un meuble, une table, une chaise, comme celle tombée du ciel de ton ami Isidore. Oui, un meuble : c'est écrit comme cela dans le « code noir » que la Révolution avait aboli et que Bonaparte remet dans la loi.

J'avais l'impression que mes yeux s'agrandissaient. J'ai essayé de me souvenir de ce qu'Isidore m'avait appris.

– Mais Bonaparte ne fait pas que du mal. Il veut que la paix revienne entre les Français, que les émigrés rentrent...

– Il veut aujourd'hui réunir les familles d'émigrés, mais pour faire un exemple et mettre fin aux attentats que les nobles fomentaient contre lui, il s'est fait le complice d'un crime : sans aucune preuve, son entourage a arrêté et fait fusiller le duc d'Enghien, le fils d'un des chefs de l'émigration, qui n'était pour rien dans le complot dont on l'accusait.

Je ne sais pas si c'est la fatigue, le soulagement de voir enfin Bonaventure, la révélation de ces événements, mais, malgré moi, je me suis mise à pleurer à chaudes larmes.

En un instant, j'ai été entourée, bercée par Bo et Molosse à la fois.

– Tu es ma sœur chérie, mon enfant, ma douce... Je rêve pour toi d'une vie libre, que tu aurais choisie. J'ai peur que le règne de Napoléon nous fasse retomber dans les malheurs de la guerre. Mais j'ai tort, peut-être. Ta bonne Joséphine va transformer mon tyran. La belle Hortense va l'adoucir. Il ne fera la guerre qu'en jouant avec son petit-neveu et son sabre de bois. Il emploiera son autorité à rétablir et à faire respecter la paix. Il fera des lois équitables et universelles, il réalisera de grands travaux à travers le pays : les ponts et chaussées, l'agriculture, le commerce et l'industrie, l'éducation des enfants, les sciences, les arts et les lettres, j'en passe et j'en oublie... Les fleurs, par exemple, il les laissera à Joséphine, qui améliorera les espèces et fera de la France le paradis des roses...

Il ne savait plus quoi inventer. Je ne pleurais plus. Je sentais qu'il me consolait, qu'il voulait me rassurer. Pour tout ce que la vie nous réserve, j'ai Bonaventure, j'ai mon frère.

Blanche a passé la tête : elle venait pour ajuster mon caraco. Cela signifiait que Joséphine allait nous recevoir. Tascher est arrivé, mais ce n'est pas au salon qu'il nous a entraînés, Bo, Molosse et moi. L'Impératrice et ses dames de compagnie étaient dans le parc, près du lac. Elles portaient des chapeaux de paille et des ombrelles de dentelle. Sur le gazon, pas de fauteuils, ni de tabourets, pas d'étiquette !

Joséphine a accueilli Bonaventure en inclinant légèrement la tête. Elle portait une robe de mousseline ivoire. Une rose était piquée dans la paille fine de son chapeau. Un collier de corail, assorti à ses bagues et de la même couleur que la rose, soulignait la finesse de sa peau.

– Je suis bien aise de vous connaître, monsieur Bonaventure. Comme je regrette la méprise dont vous avez été victime...

Ses excuses avaient toute la grâce de sa voix, de ses sentiments délicats. Bo n'a pas répondu, mais ce n'était pas par hostilité. Simplement, il ne sait pas, comme elle, trouver les mots qu'il faut. Elle lui a souri.

– Votre chien est magnifique. J'ai toujours eu des chiens, moi-même, mais jamais de si grande taille, même lorsque j'étais enfant, à la Martinique. Heureusement qu'à Paris, Fortuné, mon premier carlin, était petit : il nous a servi de messager en une triste période. Il venait avec Hortense et sa gouvernante aux quelques visites qu'on nous permettait à la prison des Carmes. Il se faufilait entre les grilles. Je guettais le moment où je pouvais glisser un message dans son collier, sans me faire remarquer de nos gardiens. Fortuné repassait les grilles et, de retour à la maison, Hortense et Eugène déchiffraient ces petits mots où leur père, emprisonné lui aussi, leur disait toute sa tendresse. Ce sont presque les seuls souvenirs qu'ils ont de lui.

Le charme a joué. Bonaventure a ouvert la bouche. Il a évoqué nos parents, l'avenir dont lui parlait notre père où la liberté, l'égalité, la fraternité triomphaient.

– C'est bien ce que disaient aussi ceux qui nous ont mis en prison, a répondu Joséphine. Mais ils nous haïssaient. Comment empêcher les excès ? Sans doute en comprenant, en pardonnant, en nous donnant la main.

J'ai mis mon grain de sel :

– En s'écoutant, en se parlant !

J'ai fait rire la compagnie. L'Impératrice a proposé :

– Et si nous allions jusqu'à l'île des rhododendrons ? Voulez-vous bien nous emmener, Bonaventure ?

Elle a négligé les mains qu'on lui tendait pour sauter dans la barque. Molosse s'est couché à ses pieds. Je comprends qu'elle ait lancé la mode de ces fragiles et ravissants escarpins. Elle a la démarche aussi légère qu'une danseuse.

Joséphine avait fait en sorte que nous soyons seuls, Bo et moi. Sur cette barque, elle était sûre qu'aucune oreille indiscrète n'écouterait ce que nous disions.

– Peut-être qu'avec le temps... Avec le temps, a-t-elle repris, l'œuvre de Bonaparte pour la France vous convaincra... Mais le temps est ce qui me manque, à moi... Dans un an, Bonaventure, revenez à la Malmaison. Si ce n'est pour l'Empereur, vous pourriez dresser un cheval pour Petit Chou, le fils d'Hortense, lui apprendre la douceur...

J'ai senti que mon républicain de frère faisait appel à toutes ses convictions pour résister à cette voix angélique. Pour ne plus être tenté d'accepter, il s'est mis à parler sans s'arrêter. Il a décrit nos chevaux. Ma petite robe en soie découpée pour faire sa première longe. Son habitude de dormir à l'écurie les nuits d'orage pour calmer les pouliches. Sa manière de leur parler en italien pour les flatter, en allemand pour ordonner. Ses exercices de voltige aux flambeaux pour leur enlever la peur du feu. Ses recherches pour les soigner en utilisant les plantes qui leur sont bénéfiques.

– Mais cela, c'est le domaine de Léonetta !

J'ai été invitée à parler de mon jardin et de mes cueillettes, mais sans donner mes secrets. La délicatesse de l'Impératrice va jusque-là.

Bonaventure ramait sans fatigue. Nous avions déjà fait deux ou trois fois le tour de l'île en admirant la splendeur des rhododendrons qui la couronnent d'un rose éclatant.

Joséphine avait encore une chose à dire à Bonaventure :

– Je comprends que vous soyez impatient de regagner votre maison. Une voiture est prête pour cela, conduite par des personnes de confiance qui s'occuperont aussi de votre jument. Je vous demande une grâce, accordez-la moi : laissez-moi Léonetta encore un peu. Je voudrais qu'elle voie mon jardin botanique. Elle vous rejoindra très vite avec mon cousin Aimé Tascher qui doit repartir dans votre région, tandis que je me rendrai en cure, à Aix-la-

Chapelle. Lui et moi veillerons sur elle comme sur notre fille.

Au contraire de Napoléon, Joséphine avait conquis Bonaventure. Il m'a laissée libre de choisir moi-même. J'étais partagée entre deux craintes : celle d'être séparée à nouveau de mon frère et celle de quitter si vite l'Impératrice.

J'ai pensé soudain que je ne pouvais pas partir de Paris sans revoir Clara.

C'est ainsi que j'ai pris ma décision : je reste à la Malmaison. Bonaventure a insisté pour que je garde Molosse. Lui n'a pas eu le choix !

Je voudrais bien raconter aussi notre soirée, mais je tombe de sommeil. Promis, j'écrirai la suite demain.

9 prairial an XII
(29 mai 1804), le matin

Il est tôt ce matin. J'ai sans doute le temps de finir le récit de la journée d'hier.

Au retour de la promenade, Constant nous attendait sur le rivage.

– Leurs Altesses impériales, les princesses Pauline et Caroline sont arrivées !

Les sœurs de Napoléon étaient là !

Les meubles du salon avaient été remis en place et les deux sœurs occupaient les fauteuils aux cous de cygne. Elles ne se sont pas levées à l'arrivée de Joséphine. Visiblement, elles s'estimaient offensées de ne pas avoir été reçues par l'Impératrice en personne.

– Nous venons de Paris. C'est bien toi qui nous as invitées, tante Joséphine ? a fait remarquer Caroline.

Son ton était brusque. Ses yeux, plus foncés que ceux de l'Empereur, sont aussi vifs et pour l'instant, ils étaient furibonds. Elle s'est enfoncée dans son fauteuil. Elle tapotait l'accoudoir ou faisait tourner ses bagues avec des gestes saccadés.

Je ne dirais pas, moi, que c'est une princesse, malgré sa riche robe entièrement brodée d'argent et ses colliers rutilants. Est-ce qu'on porte autant de rubis l'après-midi ?

– On nous convoque, nous sommes à l'heure, a ajouté Pauline.

Pauline n'était pas contente, mais les éclairs de ses yeux violets à travers ses longs cils se sont vite calmés. Elle souriait à l'un des aides de camp de sa suite. Il a glissé un coussin sous ses petits pieds qu'elle avait déchaussés. Sa pose gracieuse, un peu penchée, allongeait encore son cou très blanc. Je voyais sa gorge sous la gaze de sa tunique. Elle en a relevé encore un peu le tissu léger sur les chevilles les plus fines, les mollets les plus parfaits que j'ai jamais vus !

Bonaventure me regardait. Il pensait sûrement que j'accordais trop d'attention aux princesses. Il ne peut pas nier que Pauline soit si belle !

La table était couverte de toiles blanches et ornée de bouquets de lilas. Des jattes de fromage à la crème fouettée ou de gelée de pommes, des assiettes de fruits confits étaient posées près de cuillères en argent. Des « mouphines » et des meringues s'étageaient en pyramides. Des liqueurs, du vin de Frontignan, (du « velours en bouteille » selon Tascher), étaient déjà servis dans les verres.

Je soupçonne les princesses de s'être retenues d'y goûter. Pour ma part, je mourais d'envie d'essayer le sirop de guimauve... ou celui de groseille que l'on servait à Petit Chou.

Joséphine n'a pris aucun ombrage de l'attitude revêche de ses belles-sœurs. Moi, elles m'agacent encore, rien que de m'en souvenir !

– Je suis bien aise que vous soyez venues. Madame

Campan nous apprend beaucoup de choses en ce moment. Bonaparte a souhaité que vous la voyiez ici, en sa présence. Si vous voulez bien venir avec moi au salon de musique...

Le nom de Bonaparte, ainsi prononcé, a calmé les princesses. D'assez bonne grâce, elles sont passées à côté. Mais bientôt, j'ai entendu des cris.

– Comment ? Si nous assistons à la même cérémonie que toi, nous devons porter ta traîne, Joséphine ?

– Et qui portera la nôtre ?

– Demandons à Napoléon ce qu'il en pense.

Heureusement pour lui, l'Empereur tenait encore conseil. Les deux secrétaires responsables de son portefeuille avaient fermé les portes de la bibliothèque.

J'ai suivi Bo vers les grandes écuries du château.

– J'ai confiance en toi, m'a dit Bo. Cette grande vie ne te tournera pas la tête. Étudie bien les plantes que tu verras, et reviens vite, ma petite.

Le premier écuyer avait fait préparer une voiture rouge et or aux armes de l'Impératrice. Bonaventure, simplement mais fermement, a refusé d'y monter.

– Elle sera pour Tascher et toi quand il te raccompagnera, comme promis. Moi, je pars sur Ravinette. Nous irons au petit trot.

C'est ainsi que mon inflexible frère a quitté la Malmaison. Il n'a pas vu que, dans les poches de brocart rouge qui tapissent l'intérieur des portières, dans la voiture qui lui était destinée, Joséphine avait fait mettre pour lui, sans en parler, des pièces de soie nouées par des rubans assortis. De quoi faire des longes toute sa vie.

*Même jour,
début d'après-midi*

*A*i-je bien fait de rester? Je meurs d'envie, c'est vrai, de voir en détail les collections botaniques de la Malmaison. Mais il me semble, ici, soudain, être hors du monde...

Je suis descendue ce matin à la demande de Blanche rejoindre Tascher au salon. Le feu dans la cheminée était éteint.

– Signe que l'Empereur est parti. Lui seul craint le froid et fait faire des feux jusqu'en été, m'a soufflé

Tascher qui obéit aux ordres de l'Impératrice et ne me quitte pas d'une semelle.

– Mais il n'était pas question que l'Empereur parte, hier soir?

– Il a pris sa décision dans la nuit, comme souvent. Constant et tous ses gens doivent toujours se tenir prêts à n'importe quel changement.

– Et Joséphine... Je veux dire Sa Majesté l'Impératrice...

– Bonaparte a laissé l'ordre qu'elle le rejoigne à Saint-Cloud quand il la préviendra. Je viens de voir qu'elle a fait sortir ses écrins... Je crois qu'elle veut choisir les bijoux qu'elle emportera en voyage dans quelques jours et recevoir ensuite son couturier, le fameux monsieur Leroy!

En effet, pendant que les dames de compagnie dans un petit salon faisaient de la broderie, la dame d'atour présentait des parures à Joséphine en robe du matin à grand col de dentelle.

– Non, je n'irai pas au bal pendant mon séjour à Aix-la-Chapelle, a-t-elle dit. Pas de bandeaux, ni de diadèmes, mais juste des peignes, des colliers, des bagues, des bracelets, ma montre et sa châtelaine, les camées qu'on vient de faire monter, des boucles de ceinture... Les plus simples, en coraux et en mosaïque, et cette tabatière...

L'Impératrice a appelé ses amies pour leur demander leur avis. Quand elle m'a aperçue, elle m'a souri.

– Blanche a rapporté vos boucles. Mais elles sont à vous désormais...

Avant même que j'aie eu la présence d'esprit de faire ma révérence, la dame d'atour m'a remis aux oreilles les perles que je portais au souper. Je suis sûre que Bonaventure n'accepterait pas un cadeau d'un tel prix. L'Impératrice me les offre-t-elle pour remplacer l'élégante voiture qu'il a refusé de prendre ?

Je n'ai pas eu le temps de protester. Le brouhaha des dames d'annonce qui s'exerçaient à suivre les consignes de madame Campan a fait s'envoler toutes les brodeuses. La dame d'atour est repartie avec sa précieuse cassette de bijoux fermée à double tour.

– C'est l'heure du couturier Leroy, m'a averti Tascher.

Des femmes de chambre déposaient des cartons, des couturières dépliaient des gravures, des valets portant des paquets ont envahi le salon. J'ai reculé près d'une tenture et je suis restée collée au mur.

Monsieur Leroy était entièrement vêtu de rose, redingote, culotte, gilet, cravate. Et je crois qu'il porte une perruque ! Il avait apporté dans une multitude de coffres et de paniers des tissus pour des tenues de cérémonie. Joséphine tient à tout choisir elle-même.

– Voici différents satins pour une robe... Et des modèles de broderies d'or et d'argent. Celles-ci pour des manches longues, celles-là pour des manches courtes et rondes, avec trois rangs de petits plissés...

Le couturier n'arrêtait pas de bouger. Il palpait une étoffe bleu ardoise.

– Bon pour une traîne, ne trouvez-vous pas, Majesté ? Et je verrais bien ce velours de soie pourpre pour un manteau... Entièrement doublé d'hermine.

– Il en faudrait une si grande quantité ! Cela va peser très lourd.

– On vous fera un col très léger !

Monsieur Leroy virevoltait, sortait des dentelles, des galons, des fils, des tulles... Joséphine ne laissait passer aucun détail. La tête me tournait un peu.

– Laissons-les, a chuchoté Tascher. Savez-vous comment Bonaparte appelle ce Leroy ? m'a-t-il dit quand nous avons atteint le parc. « Le marchand de chiffons » !

121

Il valait mieux alors qu'il ne soit pas au château ce matin. Des « chiffons », il en aurait eu une indigestion.

– Mais l'Empereur veut que Joséphine lance des modes, a ajouté Tascher. Elle lui gagne des cœurs, ainsi, par sa grâce, son élégance, et cela fait travailler, en France, de nombreuses personnes. Les soieries de Lyon par exemple prennent un essor extraordinaire. Toutes les dames veulent une robe mais aussi un bijou, des meubles comme l'Impératrice. Les bijoutiers inventent des parures. Les ébénistes créent des styles. Le commerce est florissant...

Je n'avais jamais pensé à cela.

Nous avons croisé les joyeux jeunes gens de la partie de barres d'hier. Ils jouaient maintenant au volant. J'ai eu un petit pincement au cœur en reconnaissant Eugène. Il a remplacé l'Empereur. Je dois dire qu'il animait la partie avec fougue. Il n'a pas les manières directes de son beau-père. Lui, il encourage les joueurs et les félicite. Quand il marque un point, dans sa joie, il fait la roue au milieu des rires. Je le voyais partout à la fois : il était à genoux près de l'une des joueuses, il aidait l'autre à ramasser le volant, il rattachait un nœud à la sandale de la troisième, il cherchait dans l'herbe le ruban tombé du chignon à la Ninon de la quatrième... Elles le suivaient toutes du regard, heureuses chacune à leur tour.

Avait-il reçu notre lettre, celle de Clara écrite par moi ? Elle lui donnait rendez-vous à Paris, chez Frascati, où elle danse ce décadi... J'allais m'approcher et lui dire ce que je pensais de lui. Eugène aurait-il un cœur d'artichaut ?

– Non, Eugène est loyal et fidèle, a dit Tascher. Ce sont les demoiselles qui ne peuvent pas se passer de lui.

Sans m'en rendre compte, j'avais pensé tout haut et Tascher m'a répondu !

Donc, Eugène n'est pour rien dans les sentiments qu'il inspire ? Il peut laisser chacune s'imaginer qu'il l'aime ? Ou même qu'il n'aime qu'elle ?

Qui peut répondre à ces questions ?

Je crois que je vais prudemment laisser ce chapitre en suspens. Il faut que je me renseigne un peu plus sur l'amour. Il me semble que les romans en parlent. Tascher en a-t-il lu ?

– Sans doute, mon enfant, mais ce n'est pas ici qu'on en trouve ! Bonaparte les désapprouve. Il met régulièrement au feu ceux qu'il saisit d'entre les mains de ses domestiques. Ils en lisent parfois en l'attendant. Il faut bien qu'ils passent le temps, quand l'Empereur oublie l'heure et travaille tard dans la nuit ! Sa bibliothèque à lui est pleine de livres de géographie et de tragédies.

Une voiture était arrêtée près des caisses d'orangers de la porte d'entrée. Un homme en est descendu et nous a salués aimablement.

– Le docteur Corvisart, le médecin personnel de Bonaparte, m'a expliqué Tascher. Un homme remarquable. Joséphine lui aura demandé de passer avant qu'elle parte à Aix-la-Chapelle.

– L'Impératrice est-elle malade ? Elle a parlé d'une cure qu'elle allait faire.

– Elle a parfois de grands maux de tête, mais à part cela, ma cousine se porte comme un charme ! Corvisart ne vient ici que pour lui faire plaisir. Elle le supplie de lui donner mille remèdes pour des maux imaginaires. Il a l'art de ne pas céder.

Tascher s'est tu un instant, et a repris, plus bas :

– L'Impératrice est juste en mal d'enfant. Elle en a déjà deux, Eugène et Hortense. Elle peut espérer en avoir un troisième avec Bonaparte, qui le souhaite ardemment. Elle n'y a pas encore réussi. Les eaux d'Aix-la-Chapelle sont réputées bénéfiques pour les femmes qui veulent un enfant. Elle les prendra pendant tout un mois.

– Mais l'Empereur aime tant Petit Chou! C'est un peu son petit-fils à lui aussi, son neveu en tout cas, son héritier, si c'est cela qu'il veut.

– Vous avez raison, Léonetta. Mais Bonaparte a aussi deux autres neveux, Achille et Lucien, les fils de Caroline, qui sont fort dégourdis, ma foi! Cette question de dynastie est épineuse. Un héritier direct le rassurerait tout à fait. Et il adore les enfants!

Alors, pas question d'avoir une fille?

– Mais si! Il joue aussi bien avec sa nièce, la petite Laetizia. Et vous avez vu comme il est attaché à Hortense, qu'il considère comme sa propre fille. Cependant, seul un fils pourrait lui succéder sur le trône.

Comme il serait choyé, ce petit prince! Je le souhaite de tout mon cœur à Joséphine. Mais comment ce fils devrait-il appeler Petit Chou? Tonton? J'espère que madame Campan a une solution!

Notre découverte de ce matin, peut-être, est un bon présage pour Joséphine. En nous approchant, Tascher et moi, de la grande serre chaude du parc, nous sommes passés par la ménagerie. Un événement réjouissait les valets qui travaillent là.

– La couvée des cygnes noirs d'Australie est née ! C'est la première fois en Europe qu'une telle naissance se produit.

La dame cygne était bien trop farouche pour que j'ose aller voir si le duvet de ses petits était noir lui aussi. Ce n'est pourtant pas la curiosité qui me manquait. Et j'avais mon carnet pour faire des croquis.

Mais, des curiosités, j'en suis comblée : je savais que des gazelles vivaient en liberté près du château. Elles sont si familières qu'elles se mêlent aux jeux des invités. Il arrive parfois qu'elles mangent leurs dentelles ou leur donnent des coups de tête. Ce matin, j'ai vu aussi des kangourous, oui, des kangourous ! Ainsi que deux émeus, et des lamas. On m'a donné le nom de ces animaux complètement inconnus, qui vivent là en semi-liberté, selon les instructions d'hommes de science aussi savants que ceux du Muséum d'histoire naturelle.

À côté de cette immense volière, la mienne, chez moi, est microscopique. À mon arrivée, une douzaine de perroquets qui jacassaient se sont tus. Ils m'ont regardée de côté, un instant, puis se sont remis à piailler tous en même temps. Comme s'ils commentaient mon allure, ma tenue, et s'en moquaient. Je n'ai pas pu m'empêcher de me sentir vexée. L'un d'eux soudain s'est mis à répéter « Bonaparte ! Bonaparte ! ». J'ai cru une seconde que l'Empereur était entré, lui aussi, dans la volière. Un autre oiseau a pris la parole, comme s'il répondait au premier, mais dans un espagnol parfait. Quelle cacophonie !

Tascher riait.

– Venez donc voir les faisans dorés de Chine et les paons. Regardez celui qui fait la roue en faisant vibrer toutes les plumes de sa queue pour parader ! Plus paisibles, voici les vaches que Joséphine a fait venir de Suisse, avec leurs vachers. Mais je crois que ce sont les plantes qui vous passionnent...

Alors j'ai oublié le château, mes perles, mes souliers aussi fragiles que du papier. On les a remplacés par des bottes, un fichu, un panier. Tascher me disait à chaque découverte qu'il me réserverait des boutures de tout ce que je voudrais. Et j'ai passé la journée à m'émerveiller.

Un bâtiment de verre de plus de cinq mètres de haut, chauffé par de grands poêles, abrite des arbres, des fleurs, des plantations de toutes sortes.

– On acclimate les plantes, me dit Tascher. La Malmaison sert de pépinière exemplaire. Joséphine correspond avec des sociétés savantes du monde entier. Elle veut envoyer des graines dans toute la France et favoriser la culture, pas seulement pour la décoration mais aussi pour l'agriculture. L'Empereur l'encourage.

J'ai adoré le carré de plantes médicinales. Je vais faire cela dans mon jardin.

– On vous donnera des bulbes d'asphodèle. C'est un remède souverain contre les maux d'estomac.

Comme tous les visiteurs que l'Impératrice reçoit dans les beaux salons installés dans la serre même, j'ai admiré les cactus, les hibiscus, les magnolias pourpres, les pivoines, et une nouvelle fleur qu'on vient de baptiser en l'honneur de la fille de Joséphine. Elle fleurit en boules blanches, roses ou bleues selon le sol de l'endroit où elle pousse. Elle peut se cultiver en petits pots décoratifs ou en massifs superbes. Elle s'appelle « hortensia ».

Les rosiers qui arrivent de toutes parts, selon les vœux de l'Impératrice, sont plantés dans le parc. Ils donnent plus de deux cent cinquante espèces de roses : des simples, des doubles, des pompon, des mousseuses... J'ai vu celles de Verdier.

– Le peintre qui vient faire des aquarelles de toutes les roses a commencé à les peindre. Il doit être prêt à le faire juste au moment le plus parfait de leur floraison. Pour certaines fleurs, cela ne dure que quelques heures. On l'appelle alors en urgence, il ne sait plus où donner de la tête !

Comme mon ami jardinier sera fier de savoir que ses roses feront partie du splendide album que l'Impératrice a commandé à ce peintre !

10 prairial an XII
(30 mai 1804), l'après-midi

*F*ourbue, hier soir, je n'ai fait qu'une apparition à la soirée de Joséphine. Tout était calme, sans l'Empereur. Pas d'invités. Tascher racontait tous les « Oh ! » et les « Ah... » que les collections de la serre m'avaient arrachés. Aux petites tables du salon, les dames de compagnie et les chambellans étaient en train d'organiser une partie de trictrac sous la lumière douce des lampes à la bouillotte. On respirait la délicate odeur de tubéreuse d'une cassolette à parfums.

En écoutant Tascher, Joséphine faisait une patience. Interroge-t-elle les cartes pour savoir si elle aura un enfant ?

Elle a vu que j'étais fatiguée.

– Chère petite, prenez un peu de ce punch qu'on nous a préparé comme boisson du soir.

On m'a servi d'une grande coupe d'argent, deux belles cuillerées, dans une tasse un peu haute, très élégante. J'ai goûté : c'est sucré, avec un goût de thé léger, de cannelle et de citron. J'ai trouvé cela déli-cieux ! J'ai bu toute ma tasse, d'un trait. L'effet n'a

pas manqué : en un rien de temps, je me suis endormie, à ma place, là, dans le salon !

Je ne sais pas qui m'a portée dans ma petite
chambre. J'ai appris depuis que « punch » signifie
« cinq » en persan, et que le rhum est le cinquième
ingrédient du punch de l'Impératrice !

Je note le rêve de cette douce nuit embrumée :
Joséphine avait dans les cheveux une guirlande des
églantines de Verdier qui se transformaient en étoi-
les. Elle dansait sur des pétales de roses et
Bonaventure tout habillé de soie passait au grand
galop dans un décor de nuages.

Mais ce matin, j'avais les idées claires et j'étais
libre désormais d'étudier toute la journée dans la
serre. Le peintre des fleurs, qui s'appelle Redouté,
m'a fait abandonner pour la première fois le
crayon de Nicolas Conté : il m'a montré comment
faire une aquarelle. Si je réussis, je l'offrirai à
Joséphine !

Le dîner, nous l'avons pris, Tascher et moi, à onze
heures, au château, avec l'Impératrice, sa fille et ses
amies. Elles venaient de finir une partie de billard.
Hortense avait gagné et racontait comment avec
des fous rires contagieux.

On a servi au dessert des figues et des bananes,
des fruits d'un goût merveilleux !

– Nous en ferons pousser dans les futures serres, a dit l'Impératrice en se levant.

Elle désire déjà, en effet, les agrandir ! Mais pour l'instant, c'est de Petit Chou qu'elle s'occupait. Elle a remonté pour lui, sans se lasser, la mécanique d'une boîte à musique. Le charmant air qui en sortait intriguait fort ses deux carlins (au moins, pendant ce temps, ils ne pensaient pas à nous mordiller les mollets !). Puis elle a pris un livre et lui a lu de sa voix de fée l'histoire du Maître Chat ou « conte du Chat botté ».

Hélas, on a annoncé madame Campan et ses ennuyeuses leçons !

– Madame Campan est une ancienne femme de chambre de Marie-Antoinette, m'a raconté Tascher en repartant dans le parc avec moi (Molosse a daigné quitter les cuisines pour venir avec nous). Elle s'est retrouvée sans un sou, quand il n'y a plus eu ni roi ni reine. Eh bien, elle a su y faire ! Elle a ouvert une maison d'éducation pour les jeunes filles. Hortense y a été pensionnaire, à dix ans. Caroline Bonaparte aussi ! Et bien des jeunes femmes que vous voyez ici. Elles y ont appris les bonnes manières, et, en particulier, la musique et le dessin. Madame Campan se souvient évidemment de ce qui se pratiquait à la cour de l'Ancien Régime. Comme vous l'avez constaté, Bonaparte lui a demandé de l'enseigner à chaque membre de la famille impériale qui doit constituer sa « maison ». Vous pourriez faire partie de celle d'Hortense ou de l'Impératrice. Qu'en pensez-vous ?

Malgré le charme infini de Joséphine, ses merveilleux hibiscus et hortensias, pourrais-je, autant de fois qu'il le faut, faire la révérence et m'asseoir sur un tabouret (si j'en ai seulement le droit !) ? Saurais-je, sans un mot, quitter en pleine nuit l'endroit où je serais parce que l'Empereur en donne l'ordre (et sans savoir où je vais) ? Et changer de robes, de bagues, de souliers pour faire marcher les fabriques et l'industrie du pays ? Est-ce que je ne préfère pas cueillir les plantes, courir dans les prés, m'habiller en garçon, imaginer ma vie ?

11 prairial an XII
(31 mai 1804), vers 2 h

Près de sa chambre à coucher, Joséphine a une petite pièce où elle aime se tenir. Elle m'y a fait appeler ce matin. On y sentait un parfum d'eau de rose. Un canari s'ébrouait dans la minuscule baignoire en porcelaine de sa cage. L'Impératrice finissait de se maquiller. Un pot de fard à joues, le rouge d'Espagne, était encore ouvert.

– À mon grand regret, a dit Joséphine, je dois quitter plus tôt que je ne pensais la Malmaison pour aller à Saint-Cloud.

Un ordre de l'Empereur était donc arrivé !

– Je vous y emmènerai volontiers, a continué l'Impératrice, mais je crois que vous regretteriez de ne pas voir fleurir les lis du Nil qui vont éclore ces jours-ci. Et nous avons promis à votre frère que vous passeriez du temps à étudier dans la grande serre.

– Oh, Votre Majesté, c'est surtout… que je n'ai pas fini l'aquarelle que je voulais vous donner !

– Restez tout le temps que vous voudrez, Léonetta. Mon cousin Aimé Tascher vous attendra. Mais je désire, moi aussi, vous faire un cadeau.

134

Elle a ouvert la petite porte de la cage pour glisser des graines dans la mangeoire.

– Ce canari a appris de nos soirées de jolis airs. Il a assisté sur le pianoforte de votre ami Érard à toutes nos répétitions du *Barbier de Séville*. Ce sera un souvenir et un ami pour vous. Vous l'emporterez ainsi qu'un mimosa que je désire donner à votre ami Verdier pour le remercier de ses giroflées. Vous verrez, en voyage, les feuilles du mimosa sont sensibles aux cahots. Elles tremblent et se ferment ! Ne vous inquiétez pas : le mimosa retrouve toute sa beauté à l'arrivée. Chez vous, installez-le dans un endroit aéré et chaud. Et donnez-moi de ses nouvelles. L'oiseau, lui, adore voyager. Vous pouvez l'accrocher à la fenêtre. Mais ne lui donnez pas de miettes de gâteau. C'est trop sucré pour lui.

Au milieu de toutes ses tâches impériales, Joséphine se souvenait encore du nom de Verdier et de ses giroflées. Elle parle du mimosa comme un vrai jardinier. Elle sait nourrir les canaris ! Je l'admire et je l'aime pour cela : on peut bien, sans doute, offrir sa liberté à un ange comme elle.

L'Impératrice, Hortense et Petit Chou viennent de partir dans une calèche découverte attelée à quatre chevaux. Des gardes et des gendarmes les encadraient. Des laquais et des écuyers les escortaient. Les dames d'annonce, d'atour, de compagnie les suivaient. Et encore des chambellans, des valets, des femmes de chambre, un monde fou! Comment l'Empereur a-t-il pu quitter les lieux, l'autre nuit, sans un bruit?

Dans le parc, je suis assise sur l'escarpolette d'Hortense et je me balance sous le tilleul... J'ai envoyé dans l'herbe mes escarpins. L'étrange calme de la Malmaison après tant de rires et de chansons me remplit malgré moi de mélancolie. J'ai sorti mon carnet. Une violette de Parme que j'y ai glissée hier a déjà séché entre deux pages.

*Le même jour, plus tard
dans l'après-midi*

Tascher doit aller à Paris s'occuper des jardins des Tuileries. Il me propose de l'accompagner.

– Nous passerons rue du Mail et s'ils sont là, je vous laisserai pour la soirée à vos amis Biancardi. Les lis du Nil ne fleuriront pas avant deux jours. Nous reviendrons les voir et organiser notre départ

vers votre campagne. La Malmaison a moins de
charme en l'absence de ma cousine...

*12 prairial an XII
(1ᵉʳ juin 1804). Dans la nuit*

*L*e temps de confier Molosse au cuisinier, de
prendre le léger bagage que Blanche a préparé, une
étrange impression est née en moi : je sentais que
j'avais hâte de retrouver le tourbillon de Paris.
Pourtant, je croyais que j'aimais la vie paisible, les
champs, le silence...

– L'un n'empêche pas l'autre, a dit Tascher qui,
décidément, a l'art de lire dans mes pensées !

Dans l'attelage bleu ciel marqué au chiffre de
Joséphine qui nous ramenait rue du Mail, je lui ai
montré mes notes prises dans la serre et mes croquis de fleurs.

– Bonaventure verra que vous n'avez pas perdu
votre temps !

Mais avant, comment vais-je annoncer à Clara la trahison d'Eugène ? Parce que, malgré l'opinion nuancée de Tascher, je ne peux pas oublier que je l'ai vu, de mes yeux vu, embrasser une invitée du souper, après le spectacle à la Malmaison. Cela me tourmente. Je préférerais presque ne pas retrouver Clara, si c'est pour lui faire de la peine.

Elle n'était pas rue du Mail (heureusement !). L'hôtesse (qui regrettait que Molosse ne soit pas avec nous) nous a indiqué que son père avait rendez-vous chez un marchand de musique. Et où, sinon au Palais-Royal, l'endroit de tous les plaisirs ?

Nous l'avons bien rejoint là-bas. Le maestro Biancardi et Tascher se sont salués et embrassés comme deux vieilles connaissances. Je suis contente d'avoir fait naître leur amitié.

– Allez en toute confiance soigner vos arbres des Tuileries, mon cher Tascher, a dit le maestro. J'emmène Léo au théâtre. Elle verra ce soir Talma, le meilleur ami de l'Empereur, jouer la tragédie et nous retrouverons Clara après le spectacle.

Il nous a installés dans l'un de ces merveilleux cafés du Palais-Royal. J'avais goûté au chocolat du *Corazza*, je savourais maintenant une eau de grenade bien fraîche au *Café des Mille colonnes*. Le maestro devait élever un peu la voix pour couvrir les discussions animées de nos voisins : ils commentaient les nouvelles des journaux que chacun peut consulter ici.

– Clara est très occupée, m'a expliqué Biancardi. Elle répète une danse... Une nouvelle danse qui fait fureur... Je ne me souviens pas de son nom, mais elle la dansera devant vous ! Elle sera enchantée de vous revoir !

Oh, s'il savait ce que j'aurai à lui dire dès qu'elle me verra !

Nos voisins avaient abandonné les journaux sur leur table. Je me suis souvenu du *Moniteur* décrit par Isidore : il y avait appris que Bonaparte avait été proclamé empereur. Voici donc ce *Moniteur* ! Bonaventure dit que les journaux sont censurés. J'aimerais bien en lire. Il y en avait au moins quatre ici. Je voyais du coin de l'œil une page ouverte de *La Gazette*. J'ai cru me rendre compte qu'il y était question de mode. Il y a donc de tout dans ces journaux !

Il était temps d'aller au théâtre.

– La pièce de ce soir, *Cinna ou la clémence d'Auguste*, est de votre grand Corneille, m'a précisé Biancardi pendant que nous nous installions, en bas, au parterre. Il y avait du monde jusqu'en haut des deux balcons !

– *Cinna* offre à Talma l'un de ses plus beaux rôles, a ajouté Biancardi. Regardez-le bien. Il joue l'empereur romain Auguste. Vous qui connaissez l'empereur Napoléon, vous allez peut-être reconnaître certains de ses gestes. Talma et lui sont amis intimes, vous savez. Des deux amis, l'un est empereur au théâtre et l'autre, empereur dans la vie ! Talma l'était sur la scène avant que Napoléon le soit en réalité. Alors, le faux empereur a donné des leçons au vrai. Talma a conseillé Napoléon sur le maintien, la diction à prendre quand il s'adresse aux ministres ou aux ambassadeurs pour avoir vraiment l'allure d'un empereur. Ce qui éblouit le public au théâtre éblouira bien le peuple à la ville, s'est dit Napoléon.

Je ne suis pas sûre d'avoir reconnu Napoléon dans Auguste joué par Talma (mais je n'ai vu l'Empereur qu'à la Malmaison, dans sa famille, et pas à la tête de son armée, ni dans une grande cérémonie). J'ai trouvé l'acteur très impressionnant. Il se tient droit, bien en face de nous, et déclame son monologue avec feu. Il arpente la scène et prononce les mots comme s'ils lui venaient directement du cœur. Une jolie actrice, mademoiselle George, joue le rôle d'Émilie, une jeune fille qui veut venger son père, tué autrefois sur l'ordre d'Auguste. Dans certaines scènes, mademoiselle George est gracieuse et touchante. Dans d'autres, elle est fière et héroïque.

À la fin du spectacle, Biancardi a retrouvé des amis au théâtre. Nous sommes repartis à pied, tous ensemble, vers la rue du Mail. Dans la rue étroite et sombre que nous avons prise, une voiture stationnait. Je ne l'aurais pas remarquée si la silhouette près d'elle ne m'avait pas paru familière. De profil, je l'ai reconnu : c'était Constant, le valet de chambre de l'Empereur. J'allais m'élancer vers lui quand il a ouvert la portière. S'y est engouffrée, voilée, une femme dont je n'ai aperçu que le petit pied. Mais elle a dit quelque chose à Constant. Cette voix, je venais de l'entendre sur scène. C'était mademoiselle George ! Que faisait-elle dans la voiture privée de Constant qui ne lui sert qu'à exécuter les ordres de l'Empereur ?

Biancardi, qui l'avait vue lui aussi, m'a prise par le bras.

– Ne vous inquiétez pas, Léonetta. Napoléon a quelques petits amusements. Mais l'Impératrice n'a rien à craindre. Il l'aime.

Que devais-je comprendre ? Les gens qui s'aiment ont droit à « quelques petits amusements » ? J'étais tellement troublée que Biancardi a repris doucement :

– L'Empereur apprécie le théâtre, les tragédies et les grands acteurs. Cela fait partie de la vie, de la Cour. Cela n'a rien à voir avec les sentiments.

L'Empereur aime Joséphine, mais il envoie une voiture chercher mademoiselle George pour « un petit amusement », un rendez-vous galant, juste pour lui dire que lui, l'Empereur, l'apprécie, elle, la grande actrice... Est-ce aussi cela que Talma lui apprend ?

Tout le long du chemin, j'ai pensé à Joséphine. Je me suis souvenu de son regard, dans la glace, quand l'Empereur lui a demandé de dîner avec lui. Du rouge qu'elle avait mis à ses joues pour partir à Saint-Cloud. De sa voix fascinante qui faisait frémir délicieusement Petit Chou quand elle lui lisait, dans le conte : « Le Maître Chat arriva enfin dans un beau château dont le maître était un ogre », et éclater de rire quand elle répétait : « Vous serez tous hachés menus comme chair à pâté ! ».

Cette nuit, je voudrais avoir l'âge de Petit Chou, et ne rien savoir des intrigues, des petits arrangements des grandes personnes.

13 prairial an XII
(2 juin 1804)

*C*lara est arrivée si tard que, même en écrivant mon journal dans la nuit, je me suis endormie sans la voir. Aujourd'hui, je la retrouve ! Elle m'a accablée de questions, mais, à mon grand soulagement, rien sur Eugène.

– Léo, Léonetta, je viens d'apprendre une danse ! Une révolution ! Cela s'appelle « la valse ». Cela se danse comme cela.

Elle riait, tournait, glissait en me tenant par la taille. J'avais l'impression qu'elle allait me lâcher et que je continuerais à tourbillonner toute seule comme une toupie mais non, elle me rattrapait, me rapprochait d'elle et m'entraînait dans une boucle, en chantant pour accompagner les mouvements.

– J'adore, j'adore ce rythme ! Rien à voir avec le quadrille ! Je vais danser dans le plus beau salon de Paris, celui de la belle, de la sublime Juliette Récamier. Tu m'y accompagneras avant de retourner à la Malmaison, n'est-ce pas ? Ce qui m'ennuie, c'est qu'Eugène y sera aussi...

Ah, c'était le moment de dire... Mais Clara a parlé plus vite que moi :

– Car maintenant, c'est Auguste Vestris que j'aime...

Quelle surprise mais quel soulagement en même temps ! Je pouvais donc raconter le baiser au clair de lune. Au lieu de briser le petit cœur de Clara, au contraire, cela le soulagerait. En effet, si je comprenais bien, mon amie était amoureuse aujourd'hui d'Auguste Vestris, son valseur, « le meilleur danseur de Paris. »

J'irai voir Clara danser. Mais avant, je voudrais lire ces journaux entrevus au café. J'ai soif de comprendre les événements.

– Rien de plus facile, a dit Clara, ils sont tous ici.

Je me suis plongée dans cette lecture. J'ai vu le même homme glorifié dans l'un, critiqué dans l'autre. Une caricature chargeait ici Joachim Murat, le mari de Caroline Bonaparte. Un article racontait ailleurs sa bravoure de soldat. Ce journal-ci a aimé, comme moi, la représentation de *Cinna*, celui-là a trouvé Talma « monotone » et ses gestes « violents ». Qui croire ?

– Mais c'est comme cela qu'on se fait une opinion, m'a expliqué Clara. En lisant les journaux qui sont pour et ceux qui sont contre. On prend un peu de l'un, un peu de l'autre, on choisit !

Et comme je lui ai confié mon carnet, puisque je n'ai plus rien à lui cacher, elle me l'a rendu, tout excitée.

– Léo, tu racontes très bien les choses. Tu es peut-être un écrivain ! Si ces journaux t'intéressent, il faudrait voir ce que tu peux écrire pour eux. Aucune femme, à ma connaissance, n'a encore été journaliste. L'avenir t'appartient, Léo. Je ne te vois pas très bien en princesse d'Empire, mais en femme de lettres, pourquoi pas ?

Je suis arrivée à la page finale de mon carnet. Cela me plaît de laisser le dernier mot à Clara. Mais mon ultime pensée, je l'envoie à celle que je connais maintenant, que je voudrais protéger de tout ce qui lui fait peur. Je pense à l'impératrice Joséphine, à sa grâce, à sa bonté, à son sourire, à ses roses. Je reviendrai la voir quand Bonaventure m'aura tout raconté de nos parents. Là-bas, sur les bords de la Charente, il m'attend.

POUR ALLER PLUS LOIN

GLOSSAIRE

À la Ninon
Coiffure aux cheveux bouclés de façon recherchée, mais sans ornement, qui passait pour la coiffure la plus naturelle.

À la Titus
Coiffure inspirée de la perruque que Talma (le plus célèbre acteur de l'époque) portait dans le rôle de Titus. Les cheveux étaient coupés court, aussi bien devant que derrière.

Cabinet de garde-robe
Toilettes. À la Malmaison, il était partagé par l'Empereur et l'Impératrice et comprenait un bidet, un siège, une table à écrire, ainsi qu'une chaise percée, le tout en acajou.

Citoyen, citoyenne
Nom remplaçant « monsieur » et « madame » lors de la Révolution et de la Première République.

Consulat

Régime politique mis en place à la suite du coup d'État des 18 et 19 brumaire, an VIII (9 et 10 novembre 1799). Napoléon Bonaparte obtient le titre de Premier consul et concentre entre ses mains un pouvoir fort. Le consulat dura jusqu'à la proclamation de l'Empire en 1804.

Décadi

Selon le calendrier républicain adopté en 1793, – il fixe le début de la nouvelle ère au 22 septembre 1792 – chaque mois était divisé en trois périodes de dix jours nommés : primidi, duodi, tridi, quartidi, quintidi, sextidi, septidi, octidi, nonidi. Décadi, le dixième jour, était un jour de repos. Le calendrier républicain fut officiellement abandonné pour revenir à notre calendrier grégorien le 1er janvier 1806.

Déclaration des droits de l'homme et du citoyen

Texte solennel voté le 26 août 1789 par l'Assemblée nationale qui proclame « les droits naturels, inaliénables et sacrés de l'homme ». Son article premier affirme que « les hommes naissent et demeurent libres et égaux en droits ».

Déjeuner à la fourchette (dit aussi déjeuner dînatoire)
Deuxième repas de la journée, servi entre 10 h et 12 h, où étaient proposés de la viande et d'autres mets qui se mangent à l'aide d'une fourchette.

Déjeuner à la tasse
Premier repas de la journée, qui se prenait au lever.

Eau de grenade
Boisson très en vogue aux XVIIIe et XIXe siècles. Sirop obtenu à partir des pépins de grenade, appelé grenadin ou grenadine, mélangé à de l'eau.

Eau de Luce
Préparation à base d'huile à laquelle on ajoute de l'ambre et de l'ammoniaque, qui servait à ranimer une personne en cas d'évanouissement ou de malaise.

Émigrés
Français exilés pour fuir la Révolution. En avril 1792, l'Assemblée nationale vote la confiscation de leurs biens. L'année suivante, un décret prévoit l'exécution immédiate de tout émigré qui serait de retour en France.

Floréal

Du latin *flos, floris* « fleur ». Huitième mois du calendrier républicain, il commençait le 20 ou le 21 avril et s'achevait le 19 ou
le 20 mai, ce qui correspond au deuxième mois du printemps
de notre calendrier actuel.

Jerni-coton (ou jarnicoton)

Vieux juron qui serait une déformation de « Je renie Dieu »
par Henri IV.

Lampe à la bouillotte

Doit son nom au « jeu de bouillotte », jeu de cartes et d'argent. Son pied, accueillant une ou plusieurs bougies, était
surmonté d'un abat-jour qui coulissait au fur et à mesure que
les chandelles se consumaient. Cet éclairage dirigé sur la table
de jeu évitait ainsi toute tricherie !

Lendore

Personne lente et qui semble toujours endormie.

Dames du palais

Personnes au service de l'Impératrice.

Malle-poste

Voiture tirée par des chevaux destinée au transport du courrier.

Marchande à la toilette

Vendeuse de vêtements et d'accessoires de toilette (peigne, épingles…) d'occasion.

Partie de barres

Jeu de plein air qui ressemble au jeu de l'épervier. Chaque camp doit regagner l'autre sans se faire « barrer » par un joueur du camp adverse. Le joueur qui attrape sa proie doit crier « barre » pour la faire prisonnière.

Patache

Mauvaise diligence, mal suspendue.

Vol-au-vent

Pâte feuilletée extrêmement légère (d'où son nom) garnie de viande, de poisson, de champignons, etc.

QUELQUES DATES

1763 : naissance de Joséphine

1769 : naissance de Napoléon

1789 : début de la Révolution française

1794 : chute de Robespierre le 9 Thermidor (27 juillet) et fin de la Terreur

1795 : début du Directoire

1796 : campagne d'Italie

1798-1799 : expédition d'Égypte

1799 : coup d'État des 18 et 19 Brumaire (9 et 10 novembre) et début du Consulat

21 mars 1804 : exécution du duc d'Enghien

18 mai 1804 : proclamation de l'Empire

2 décembre 1804 : couronnement et sacre à Notre-Dame

1809 : divorce de Napoléon et de Joséphine

1814 : mort de Joséphine à la Malmaison

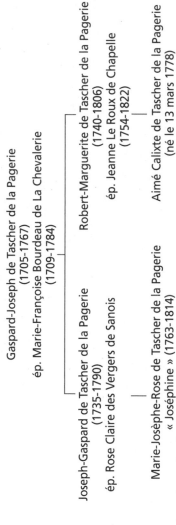

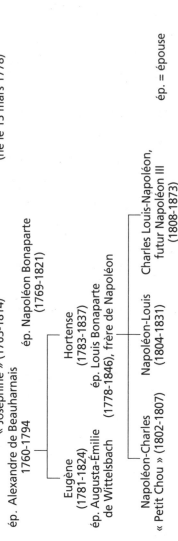

Gaspard-Joseph de Tascher de la Pagerie
(1705-1767)
ép. Marie-Françoise Bourdeau de La Chevalerie
(1709-1784)

Robert-Marguerite de Tascher de la Pagerie
(1740-1806)
ép. Jeanne Le Roux de Chapelle
(1754-1822)

Aimé Calixte de Tascher de la Pagerie
(né le 13 mars 1778)

Joseph-Gaspard de Tascher de la Pagerie
(1735-1790)
ép. Rose Claire des Vergers de Sanois

Marie-Josèphe-Rose de Tascher de la Pagerie
« Joséphine » (1763-1814)
ép. Napoléon Bonaparte
(1769-1821)

Hortense
(1783-1837)
ép. Louis Bonaparte
(1778-1846), frère de Napoléon

Eugène
(1781-1824)
ép. Augusta-Émilie
de Wittelsbach
ép. Alexandre de Beauharnais
1760-1794

Napoléon-Charles
« Petit Chou » (1802-1807)

Napoléon-Louis
(1804-1831)

Charles Louis-Napoléon,
futur Napoléon III
(1808-1873)

ép. = épouse

Portrait de Joséphine

Portrait de Napoléon, alors Premier Consul

Des livres et des lieux

À lire

Sur les traces de Napoléon, par Jean-Michel Dequeker-Fergon
Gallimard Jeunesse-Musée du Louvre

Napoléon Bonaparte, par Jean Lopez
Histoire, Autrement Junior

Napoléon, l'homme qui a changé le monde, par Éric Anceau
Librio

Napoléon, par Thierry Lentz
Découvertes, Gallimard

À visiter

Musée national du château de Malmaison
Avenue du Château, 92500 Rueil-Malmaison
www.chateau-malmaison.fr

Musée de La Pagerie
97229 Trois-Ilets (en Martinique)

Musée Carnavalet
23, rue de Sévigné, 75004 Paris
www.v1.paris.fr/musees/musee_carnavalet/

L'AUTEUR

Claude Helft est écrivain et éditrice. Elle a écrit pour la jeunesse des albums, des contes, des dictionnaires, un roman et les récits de plusieurs mythologies. Pour imaginer le journal de Léonetta, elle a beaucoup lu : la correspondance de Joséphine, les mémoires de sa première femme de chambre, celles de Constant, au service de Napoléon, les souvenirs de la reine Hortense. Pour faire vivre ses personnages, elle a épluché des livres de savoir-vivre et de gastronomie, des horaires de coches d'eau, des traités de maîtres équestres, l'histoire des montgolfières, des catalogues de modes et de décoration, des guides de Paris utilisés en 1804 ; elle a étudié aussi des tableaux et des gravures. Elle voulait, avec des détails vrais, recréer l'atmosphère, la saveur de ces mois de mai-juin 1804.

Aujourd'hui, il n'y a plus de diligence ni d'Empereur. Mais on cueille toujours les roses, les filles embrassent les garçons. L'Histoire nous apprend ainsi qu'un fil nous relie au passé. Il a les couleurs des sentiments qui passent à travers le temps.

L'ANNÉE DE LA GRANDE PESTE
JOURNAL D'ALICE PAYNTON, 1665-1666

Tante Nell est revenue toute pâle du marché. Elle a entendu des hommes discuter : la semaine dernière, sept cents personnes sont mortes de la maladie. La peste s'est bel et bien installée à Londres.

MARIE-ANTOINETTE
PRINCESSE AUTRICHIENNE À VERSAILLES, 1769-1771

J'ai à peine posé le pied dans la salle de réception que maman s'est précipitée vers moi. Elle m'a murmuré : « Antonia, tu vas te marier ! Tu vas devenir reine de France ! »

S.O.S. TITANIC
JOURNAL DE JULIA FACCHINI, 1912

Le capitaine a posté des vigies avec mission de guetter le moindre signe du Titanic. Comment imaginer qu'à quelques milles d'ici un navire aussi énorme soit en perdition ?

PENDANT LA GUERRE DE CENT ANS
JOURNAL DE JEANNE LETOURNEUR, 1418

Tant qu'il me sera possible, j'écrirai tous les jours jusqu'à ce que cette maudite guerre finisse. S'il m'arrivait malheur, j'aimerais que mes parents retrouvent ce souvenir de moi.

Mon Histoire

DANS PARIS OCCUPÉ

JOURNAL D'HÉLÈNE PITROU, 1940-1945

C'est une honte : Pétain a appelé les Français à « collaborer avec les Allemands ». Et papa est prisonnier de ces gens avec qui il faudrait « collaborer » !

JE SUIS UNE ESCLAVE

JOURNAL DE CLOTEE, 1859-1860

Liberté, c'est peut-être le premier mot que j'ai appris toute seule. Ici, les gens, ils prient, ils chantent pour la liberté. Mais c'est un mot qui me parle pas, que j'ai encore jamais pu voir.

CLÉOPÂTRE, FILLE DU NIL

JOURNAL D'UNE PRINCESSE ÉGYPTIENNE,
57-55 AVANT J.-C.

La nouvelle est arrivée. J'ai porté la tablette jusqu'à la fenêtre, brisé le sceau et lu le message. Mon père qui se cache depuis des semaines se trouve au port, prêt à embarquer pour Rome.

CRÉDITS PHOTOGRAPHIQUES

Portrait de Joséphine, dessin, d'après Pierre Paul Prudhon (1758-1823), châteaux de Malmaison et Bois-Préau © Photo RMN / André Martin

Napoléon Bonaparte, Premier Consul, huile sur toile, Thomas Philips (1770-1845), Bayonne, musée Bonnat © Photo RMN / René-Gabriel Ojéda

Mise en pages : Karine Benoit

Loi n° 49-956 du 16 juillet 1949
sur les publications destinées à la jeunesse

N° d'édition : 171308
Premier Dépôt légal : septembre 2005
Dépôt légal : août 2009
ISBN : 978-2-07-051705-3

Imprimé en Italie par L.E.G.O. S.p.A. - Lavis (TN)